비
거
닝

비거닝
채식에 기웃거리는 당신에게

초판 1쇄 펴낸날 2020년 9월 28일
초판 2쇄 펴낸날 2020년 12월 25일

지은이 이라영 김산하 김사월 조지 몽비오 신소윤
　　　　　김성한 박규리 이의철 조한진희 강하라
펴낸이 이건복
펴낸곳 도서출판 동녘

전무 정낙윤
주간 곽종구
책임편집 정경윤
편집 구형민 박소연 김혜윤
마케팅 권지원
관리 서숙희 이주원

등록 제311-1980-01호 1980년 3월 25일
주소 (10881) 경기도 파주시 회동길 77-26
전화 영업 031-955-3000 편집 031-955-3005 **전송** 031-955-3009
블로그 www.dongnyok.com **전자우편** editor@dongnyok.com

인쇄·제본 새한문화사 **종이** 한서지업사

ISBN 978-89-7297-966-1 (02810)

• 잘못 만들어진 책은 바꿔 드립니다.
• 책값은 뒤표지에 쓰여 있습니다.
• 이 도서의 국립중앙도서관 출판시도서목록(CIP)은 e-CIP홈페이지(http://www.nl.go.kr/ecip)와
　국가자료공동목록시스템(http://www.nl.go.kr/kolisnet)에서 이용하실 수 있습니다.
　(CIP제어번호: CIP2020034837)

비거닝

채식에 기웃거리는 당신에게

이라영
김산하
김사월
조지 몽비오
신소윤
김성한
박규리
이의철
조한진희
강하라

동녘

차례

뭐라도 하고 싶다면

다르게 하고 싶다면

이라영

김산하

김사월

조지 몽비오

신소윤

뭐라도 하고 싶다면

버터 좀 주시겠어요?

이
라
영

"버터 좀 주시겠어요?"

네?

"버터요."

뭐라고요?

"버터! …… 버러! ……. 버~~~러!!!"

네?

"오! 비유티티이아~ㄹ~ 플리~즈"

미국의 한 작은 도시의 호텔 식당에서 나는 간절히 '버터'를 부르짖고 있었다. 내가 주문한 음식에 브리오슈가 곁들여 나왔다. 브리오슈를 버터 없이 먹는다는 건 쌈장이든 고추장이든 아무런 양념장 없이 상추에 밥을 싸 먹는 것처럼 약간 허전한 일이다. 이 노르스름한 빵 위에 단단한 버터를 0.5밀리미터 두께로 올리고 씹어 먹을 때 식감과 고소한 맛을 포기하지 못했다. 버터를 가져다 달라고 종업원에게 부탁했는데 황당하게도 그가 내 말을 알아듣지 못했다. 내가 가급적 회피하는 단어 'refrigerator'처럼 'r'이 네 개나 들어가고 연이어 'f'와 'g'가 따라와서 입술과 혀에 긴장을 놓을 틈이 없이 발음하기 어려운 단어도 아닌데, 나의 '버터' 발음을 알아듣지 못하는 굴욕적인 사고가 발생했다. 버터? 못 알아듣네. 't' 발음이 문제인가. 버러? 버~러? 몇 번을 반복해도 그가 '버터'를 알아듣지 못해 나는 급기야 철자를 불러줬다. b,u,t,t,e,r.

　　발음이 훌륭하지 못한 혀라도 맛에 대한 욕망은 대단하다. 그러나 철자를 듣고도 무슨 말인지 그는 도통 모르겠다는 표정이었다. 이제 민망함은 불쾌감으로 바뀌었다. 가끔 일부러 못 알아듣는 척하는 인종차별주의자들이 있다. 나는 맛있는 식사를 위해 간신히 불쾌감을 억누르며 그를 이해하려 애썼다. 소도시의 젊은 청년이 아마도 다양한 발음을 접하지 못해서 그럴 거야, 그도 당혹스럽겠지. 그때 옆 테이블에서 식사하던 중년 여성이 종업원에게 전해줬다. "버터요. 버터를 달라고 하잖아요." 그제야 그는 내게 못 알아들어 죄송하다며 정중히 사과했다.

나는 왜 이토록 버터를 찾는가. 식당에 가면 수시로 "버터 좀 주시겠어요?"라고 부탁한다. 보쌈집에서는 배추에 무채를 싸서 먹으며 곁들여 나온 순두부찌개에 공깃밥을 먹어도 눈앞의 고기가 딱히 나를 괴롭히진 않는다. 그런데 눈앞에 없어도 버터에 대한 내 혀의 욕망은 끈질기게 남아 있다. 랠프 엘리슨의 장편소설《보이지 않는 인간》에는 인상적인 장면이 많지만, 그중에서도 나는 뜨거운 고구마에 버터를 넣어 먹으며 고향을 그리워하는 주인공에게 심히 감정이입 한다. 남부 출신의 주인공이 뉴욕에서 군고구마를 먹으며 고향에 대한 그리움에 감정이 솟구치는 장면인데, 무려 여섯 쪽에 걸쳐 고구마 이야기를 풀어놓는다. 이때 군고구마를 파는 사람이 뜨거운 고구마에 버터를 넣어주며

'그래야 가장 좋은 맛'이 난다고 한다. 반으로 가르면 김이 폴폴 나는 뜨끈뜨끈한 고구마 위에 버터를 올려놓으면 가장자리부터 스르륵 녹기 시작한다. 버터가 완전히 다 녹기 전에 한입 베어 물면 천상의 맛이다. 가염 버터라면 고구마의 단맛과 버터의 약간 짠맛이 어우려져 입안에서 더욱 좋은 풍미를 만든다.

버터를 너무 좋아해서 고민이라고 털어놓으니 비건을 하는 사람이 말하길, "안타깝군요. 이탈리아에서 공부하셨다면 올리브 오일에 빠지셨을 텐데." 그 말을 듣고 보니 정말 그렇다. 영화 〈줄리 앤 줄리아〉에서 줄리는 프랑스 요리를 배우며 프랑스 요리의 핵심은 결국 버터라고 외친다. 과장이 아니다. 정말 프랑스에 사는 동안 내 입맛이 버터에 길들여졌다. 특히 페이스트리처럼 가벼운 질감을 만들어내는 빵일수록 버터가 켜켜이 쌓여 있다. 내가 그동안 먹은 크로아상과 팽오레쟁(커스터드 크림과 건포도가 들어간 페이스트리), 팽오쇼콜라(초콜릿이 들어 있는 페이스트리)만 따져 봐도 나는 엄청나게 많은 버터를 소비했을 것이다. 우리 집에는 겉면은 푸른 초원이 그려진 흰색이지만 안에는 커피 물이 들어서 낡아 보이는 컵이 하나 있다. 바로 프랑스 노르망디 지역의 이즈니 버터 공장에 견학을 갔다가 구입한 컵이다. 어학연수 시절 하 필 학교 프로그램에 버터 공장 견학이 있었다. 이즈니 버터는 한 시절 나의 세계를 연결해주는 역할을 한다.

나는 프랑스 노르망디의 이즈니 반가염 버터와 브르타뉴의 소금 박힌 버터를 좋아한다. 특히 원통형 플라스틱 용기에 담긴 버터는 원통이 뚜껑 역할을 하기 때문에 원통을 들어내면 버터 가 평평한 바닥 위에 입체적인 모양을 그대로 드러낸다. 버터 플 레이트가 없어도 버터를 잘라먹기 편하다. 마일리스 드 케랑갈 의 소설《식탁의 길》에서 주인공 모로는 식료품을 살 때 마트 안 을 헤집고 다니며 탐색하는 인물이다. 그도 역시 버터의 다양한 종류를 읊어대는데 나는 반가워서 밑줄을 긋는다.

틀에 넣어 굳힌 버터, 원추 모양의 덩어리 버터, 무가염 버터, 반가 염 버터, 소금 결정이 박힌 버터, 저지방 버터, 쉬르제르사 버터, 농가에서 직접 생산한 버터, 일반 용기에 담긴 버터, 원통형 플라 스틱 용기에 담긴 버터, 혹은 그저 알루미늄 호일이나 종이 호일 혹은 켈트 십자가 문양이 새겨진 포장지로 포장된 버터들.[01]

버터 좀 주시겠어요?

좋아하는 과자도 '프티 뵈르'. '뵈르'는 프랑스어로 버터를 뜻하는 'beurre'이다. 이름에 버터가 들어갈 정도로 고소한 버터 맛이 감도는 부드러운 과자다. 나는 이미 《정치적인 식탁》에서 에그 베네딕트에 대해 상세히 묘사한 적이 있을 정도로 계란 노른자와 버터가 섞인 홀란데이즈 소스 맛을 좋아한다. 버터 플레이트와 에그 스탠드를 갖춰놓길 좋아하는 내가 과연 비건 지향이 될 수 있을까. 입은 쉽게 경솔해지고 모순을 실천하는 신체다. 타인에게는 엄하면서 나 자신에게는 대충 관대해지는 신체가 입이다. 생태와 다양성, 종차별주의에 대한 문제의식을 공유하면서 나의 입으로 여전히 버터가 들락날락한다. 상대적으로 전보다는 확실히 버터 소비를 '줄였다'. 그러나 종종 실패한다는 고백을 안 할 수 없다. 이런 내가 비건 지향이 될 수 있을까.

남의 살과 남의 젖

나는 붉은 살, 그러니까 육고기는 현재 먹지 않는다. '비건'은 아니고 정확히 말하면 페스코 베지테리언이다. 우선 돼지고기와 소고기를 끊고, 그다음 닭고기를 끊었다. 해산물과 계란, 버터를 가끔 먹는다. 육고기를 끊는 건 그다지 어렵지 않았으며, 유제품도 서서히 끊었다. 우유 대신 아몬드유에 오트밀을 말아 먹는다. 300종이 넘는 치즈를 모두 시식할 기세로 치즈를 즐기던 내가 장바구니에 치즈는 더 이상 담지 않는다. 문제는 버터다. 육고기를 대하는 자세와 버터를 대하는 나의 태도 차이는 단지 혀의 욕구 때문은 아니라고 생각한다. 붉은 살은 직접적으로 내게 '남의 살'이라는 인식을 전달하지만, 연하게 노르스름한 빛을 띠는 '남의 젖'으로 만든 버터는 상대적으로 나의 '모른 척'을 돕는다.

내가 고기를 나의 식탁에서 치워버린 이유는 동물 자체에 대한 착취와 함께 기후 위기의 시급함 때문이다. 미식은 아름다움과 영양, 맛과 더불어 생산과정의 윤리에서도 자유로울 수 없다. 유럽에서 기차를 타고 지나갈 때 본 푸른 초원에서 쉬고 있는 젖소들의 모습이나 드넓은 미국의 농장에서 사람 수보다 더 많은 소떼들의 풍경은 매우 낭만적이다. 그러나 풍경 이면의 축산과 낙농은 전혀 낭만적이지 않다. 소 한 마리가 배출하는 메탄가스는 1년에 평균 70~120kg이다. 유엔식량농업기구FAO는 지구 전체 온실가스 배출량의 14.5%가 낙농업계에서 나온다고 추산했다.[02] 또한 지구에서 생산되는 전체 곡식의 3분의 1이 가축 사료로 사용되는 반면, 남반구에는 여전히 기아와 영양실조에 허덕이는 사람들이 수없이 많다.[03] 축산업계는 빠른 시간 안에 효율적으로 인간의 고기를 길러내기 위해 사룻값을 아끼려는 각종 전략을 쓴다. 인간의 먹이가 되는 동물들은 좋은 '고기'가 되지 못한다면 사룻값 절약을 위해 '처분'된다. 우리는 먹기 위해 누군가를 먹지 못하게 만든다.

무엇보다 육식과 여성의 관계는 이 세계의 많은 폭력과 차별의 실체를 드러낸다. 이탈리아 화가 지오반니 세간티니Giovanni Segantini의 〈두 어머니〉(1889)에는 소와 사람이 나란히 배치되어 있다. 소의 곁에는 송아지가 있으며, 그 옆에 앉은 사람은 품 안에 아이를 안고 있다. 젖소와 여성은 이 그림의 제목대로 '두 어머니'다. 자식에게 젖을 먹이는 '암컷'의 공통점을 다룬 이 그림 속에서 여성의 몸은 동물적인 '암컷'으로 환유된다. 돌보고 먹이는 자의 위치에 있는 동물 암컷과 인간 여성의 공통적 순간을 한 화폭에 담았지만 보면 볼수록 불쾌감이 스멀스멀 찾아드는 작품이다. 이 공통점은 물론 '사실'이다. 생물학적으로 여성의 몸에는 '젖의 방'이 있어서 아이에게 젖을 먹일 수 있다. 그러나 젖소와 여성을 나란히 놓음으로써 여성이 오직 '새끼를 먹이는' 위치로만 다뤄지기 때문에 불쾌감을 준다. 재생산을 위해서만 쓸모 있는 생명. 양돈장에서 암컷 돼지들은 새끼를 낳다가 죽거나 새끼를 낳지 못해 도살당한다.

젖을 주는 어머니로 재현되는 여성은 다른 한쪽에서는 먹거리가 된다. 젖소의 운명처럼. 영화 〈범죄와의 전쟁〉에서 주인공 최형배(하정우)가 여성의 가슴을 움켜쥐며 "살아 있네"라고 뱉는 대사가 유명하다. 여성의 '싱싱한' 몸을 확인하고 그 몸을 마음대로 만지는 행위를 통해 오히려 남성이 자신의 살아 있음을 확인하는 행동이다. '싱싱한' 여자를 만지는 권력을 가진 남성으로서의 위치 확인이다. 인간이 해산물을 먹을 때도 이와 유사한 행동을 한다. 뜨거운 물에 들어갈 때 온몸을 비틀고 튀어나오려 애쓰는 문어, 낙지, 전복 등을 보면서 인간은 싱싱함을 확인한다. 살아 있다. 저것은 살아 있다. 인간이 죽어가는 동물을 보며 먹을 때 느끼는 쾌감은, 저 싱싱하고 질 좋은 '살아 있는' 음식을 먹을 수 있는 자기 자신에 대한 확인이다.

잭 런던의 단편 〈그냥 고기〉에서 두 남성 인물은 스테이크를 구워서 나눠 먹으며 이렇게 말한다. "고년 뜨거울 때 먹어버려." 이 대사의 원문은 "Eat her while she's hot"이다.[04] 두 남성 앞에 붉은 살을 드러낸 고기는 여성으로 은유되고, 뜨겁게 구워진 상태는 성적인 흥분을 의미한다. 이런 문화를 소설과 영화뿐 아니라 직접적인 현실에서도 수시로 접한다. 만약 지배 문화에 반대하는 식사 선택의 문제를 진지하게 받아들이지 않는다면 우리는 여성들의 삶에 관해 진실을 말할 수 없다고 주장한 캐럴 J. 애덤스의 목소리를 외면할 도리가 없다.

버터와 이별하고 버터와 만나다

나의 밥상을 바꾸는 과정에는 새로운 관계들이 개입되었다. 내가 조금씩 식사의 방식을 바꾸면서, 콩비지로 브라우니를 만들고 제빵에 버터가 아니라 식물성 기름을 넣을 수 있다고 알려주는 사람들이 생겼다. 비건 식당을 소개해주고 함께 비건 지향에 대해 대화하며 지속 가능성의 힘을 주는 관계는 중요하다. 대체식품에 대한 정보를 나누다 보면 새로운 시도에 대한 자극도 받는다. 일상에서 다른 사람이 만드는 요리를 더 눈여겨본다. 청국장으로 라테를 만드는 엄마를 보면서 식재료에 대한 편견을 버리고 다양한 시도를 하는 게 중요하다는 생각이 들었다. 내가 아무리 말해도 직접 맛보지 않은 사람들은 내 말을 믿지 않았다. 그 냄새나는 청국장이 라테가 된다고? 된다. 집에서 만든 발효 초기의 청국장에 두유를 섞고, 입맛에 따라 익은 고구마나 단호박 등을 섞어 함께 갈아내면 청국장 라테가 된다. 발효된 콩 맛이 약간 느껴진다.

채식을 하면 먹을 게 없을까 봐 걱정하지만 고기에서 눈을 돌리니 오히려 더 많은 미식의 세계가 열렸다. 먹거리가 줄어들기보다는 다양해졌다. 고기를 '안 먹는다'라는 생각으로 접근하기보다는 다양한 단백질 공급원을 찾는다는 생각으로 채식을 대하면 조금 문턱이 낮아진다.

또한 밥상에 고기가 자주 올라오면서 우리는 식물에 대한 언어를 이전보다 많이 잃었다. 사과 품종이 6000종이지만 우리가 아는 사과는 몇 종밖에 없으며, 먹을 수 있는 많은 풀을 이름도 모른 채 잡초로 안다. 그 대신 미디어에서는 '육즙'과 '육질'이라는 단어가 등장하는 횟수가 늘어났으며, 고기 부위를 일컫는 단어들을 읊어댈수록 '좀 먹어본 사람'으로 여겨진다. 윤리는 자연스러움에 대한 의구심에서 시작한다. 자연스럽게 내버려두면 이 사회는 지옥이다. 익숙한 것에 의문을 품고 새로운 감각을 깨울 때 문화는 다양해진다.

나는 서서히 버터와 이별하는 중이다. 그리고 새로운 버터와 만난다. 나는 비건 버터를 만들었다. 우선은 가장 간단한 방식부터 시작했다. 캐슈너트 버터 만들기. 땅콩을 먹는 사람은 땅콩으로 해도 된다. 나는 땅콩을 안 먹고 다행히 캐슈너트를 좋아하기 때문에 캐슈너트를 선택했다. 캐슈너트와 소금만 있으면 끝! 구운 캐슈너트와 소금 한 꼬집을 절구에 넣어 열심히 찧는다. 쌀알 정도 크기로 으깨어졌을 때 성능 좋은 블렌더에 넣고 간다. 열심히 간다. 캐슈너트가 모래처럼 자잘하게 갈린다. 계속 갈면 건조해 보이던 가루들이 점점 끈적하게 서로 엉키기 시작한다. 계속 더 간다. 피넛 버터와 비슷한 모양새로 변해가는 과정을 보게 될 것이다. 적당히 끈적한 상태가 되었을 때 조금 더 인내심을 가지고 더 간다. 그럼 끝이다. 용기에 담아 냉장고에 넣어두었다가 필요할 때 꺼내 먹으면 된다. 물론 완벽하게 버터를 대체하진 않으나 버터 소비를 줄이는 데 도움을 줬다. 이제 여기서한 발자국 더 나아가 식물성 기름과 아몬드유로 버터를 만들면색깔과 식감에서 진일보한다. 그 다음에는 크림에 도전했다. 캐슈너트와 두부, 혹은 콩비지 등을 활용해 크림을 만들면 즐길 수있는 디저트의 영역이 넓어진다.

이렇게 만들다 보니 주방에 뭔가 자꾸 늘어난다. 주방은 나의 작업실이자 마술적인 공간이 되었다. 집에서 가장 실험적이며 생산적인 장소는 부엌이다. 무엇을 어떻게 생산할 것인가. 사람이 사는 곳이라면 어디에서든 먹을거리는 만들 수 있다. 상품이 아닌 먹을거리가 만들어지는 과정에 개입하는 경험은 식재료를 대하는 태도에도 영향을 미친다. 오늘날 우리는 제철 음식이무엇이며 지역 먹거리가 무엇인지 모른 채 언제 어디서나 단일한품종을 먹는다.

물론 비건 버터를 만든다고 나의 식탁이 완벽해지진 않는다. 캐슈너트는 수입품이며 식물성 기름은 국산을 사기 위해 주의를 기울여야 한다. 장거리로 이동하는 식재료는 탄소발자국을 많이 남기면서 기후에 영향을 미친다. 나는 또 고민한다. 어쩌면 먹는 문제를 둘러싼 나의 고민과 해결책은 끝나지 않을지도 모른다. 지역 생산물도 이주노동자의 저렴한 노동력에 많이 의지한다. 로컬 비건 음식이라고 해도 만드는 과정에서 노동자는 정당한 보상을 받았는지, 식재료 유통 과정과 포장재에 환경오염 물질은 없는지 따져보면서 수시로 모순된 상황에 처한다. 나는 어느 정도 선에서 타협해야 하나 고민한다. 이처럼 적당히 넘겨버리고 다시 시도했다 실패하는 과정에서 수많은 난관을 마주하고 의기소침해졌다가 다시 의욕적으로 내 삶을 실험하기를 반복한다. 아무것도 하지 않은 채 인간은 원래, 자연적으로, 생물학적으로 그래도 된다는 믿음을 받아들이기보다는 실패를 반복하더라도 다른 방식의 삶을 계속 시도하는 게 낫지 않을까.

우리는 이윤으로 연결되기보다는 생명으로 연결되어야 한다. 이윤으로 연결된 관계는 위험 앞에서 순식간에 단절되지만,

서로의 생명을 지탱하는 관계로 연결될 때 우리는 위험 앞에서 더 단단해질 것이다. 지구를 구하지는 못해도 망가지는 데 동참하는 행동은 줄여야 한다. 적어도 망하는 시간을 늦출 수는 있다. 시도했다가 실패하면 어떤가. 실제로 많은 비건이 다시 육식으로 돌아온다. 미국에서는 비건의 70%가 중도 하차한다. 그러나 비건을 경험하기 전보다는 고기를 덜 먹는다. 또한 다시 채식이나 비건을 시도할 의사가 있다고 한다.[05]

어떤 사람들은 패션으로써 비건을 흉내낼 뿐 '진정한' 비건이 아닌 사람들을 비난한다. 나는 그렇게 생각하지 않는다. 흉내내기도 반복하면 습관이 되고 인생은 결국 습관의 모음이다. 부분적으로 시도하는 사람들을 완벽하지 않다는 이유로 배척하기보다는 궁극에는 함께 갈 동지로 보는 게 낫다. 완벽한 소수가 투쟁하며 희생하는 사회보다는 불완전한 다수가 공감하며 연대하는 사회가 구조를 바꾸기 더 쉽다. 작심 3개월, 아니 작심 3일도 좋다. 실패하면 또 작심하면 된다.

오십 보는 오십 보고
백 보는 백 보다

김
산
하

요즘 사람들은 모두 마음을 정한 것처럼 보인다. 무슨 주제이든 간에. 확고하게. 정치면 정치, 경제면 경제, 옳고 그름, 미와 추. 결정에 이르는 데 시간이 많이 들지도 않는다. 환갑을 훌쩍 넘긴 노인 못지않게 대학교 새내기도 웬만한 세상만사에 대해 자기만의 입장과 논리가 뚜렷하다. 열띠게 논쟁할 수는 있어도 설득은 불가능하다. 이미 처음부터 동의하지 않기로 합의하고 시작한 얘기인데 뭘. 괜히 좀 더 나갔다가는 서로 감정만 상할 뿐이다.

그러다 보니 할 얘기가 적어진다. 날씨와 개인사와 이런저런 소식까지는 괜찮지만, 어쩌다 좀만 무게가 있는 주제로 옮겼다가는 끝이 안 좋으니 말을 삼간다. 대화의 진공상태가 견디기 힘들어 연예계나 스포츠로 잔뜩 채워보지만 찜찜함이 남는다. 정작 중요한 얘기, 진짜 하고 싶은 말을 못했으니 말이다. 결국 통상적인 만남에서 충족되지 않는 것을 모았다가 내 진영, 내 종파의 사람들에게 푼다. 그러다 보니 말이 통하는 그 사람들하고 더 어울리게 되고, 그만큼 다른 사람들과는 거리가 생긴다. 시간이 갈수록, 세상이 복잡해질수록 그 격차는 멀어진다. 중요한 주제로 터놓고 말하기란 점점 어려워진다. 불가능에 가까울 정도로.

하지만 그럼에도 불구하고 사회는 변한다. 겉으로는 모두가 자기 의견을 굳건히 고수하고 있는 것처럼 보이지만, 예전과는 다른 물결이 어디선가 발원해 사람과 생활 속을 흐르고 적신다. 확신에 찬 척했지만 실은 귀를 열어두고 있었던 이들이 적지 않았던 것이다. 처음에는 아무도 이야기하지 않던 것이, 극소수가 가끔 언급하기 시작하더니 점점 동참하는 이들이 불어나고, 어느새 제법 많은 사람들에게 회자된다. 자고 일어나 보니 아예 들어보지 않은 사람은 없을 정도로 어엿한 사회적 담론이 되어 있다. 여전히 전체가 다 바뀐 것은 아니지만, 확실히 무대에 등장했고 앞으로 쉽게 퇴장하지 않을 것이 분명해진 무엇이 된 것이다.

워낙 중요하기 때문에 얘기가 쉽지 않고 설득은 더 어려운, 하지만 그럼에도 변화의 바람은 분명히 불고 있는 것. 아마 음식보다 여기에 정확하게 해당되는 주제도 없을 것이다. 누군가 뭔가를 안 먹거나 덜 먹으려 한다고 밝히는 순간, 분위기는 삽시간에 바뀐다. 좀 전까지 편안했던 자리가 어느새 안전의 영역을 벗어나는 것을 모두가 알아챈 듯, 달라진 눈빛을 서로 재빠르게 교환한다. 다음 발언이 뭐가 되느냐에 따라 사태는 급변한다. 긴장이 공기 중에 역력하다. 먹는 것 가지고 장난치는 거 아니라고 강조하던 문화가, 장난의 가장 반대 극단의 진지함으로 먹는 것을 대하면 오히려 당황하는 모양새이다.

이런 상황을 타개하는 데 조금이나마 보탬이 되고 싶은 것이 나의 가장 솔직한 마음이다. 왜냐하면 타개해야 하니까. 좋든 싫든 음식이 세상에서 가장 중요한 문제가 되었기 때문이다. 어떻게 그렇게 단언하냐고? 글쎄, 보기에 따라 경중이 달라지는 문제가 있다. 가령 선거 결과를 놓고 한쪽에선 울고 다른 쪽에서는 웃지만 한 발 물러서 보면 세상은 그대로인 경우가 있다. 하지만 그렇지 않은 문제가 있다. 모든 사람이 매일 겪고 참여하며, 그로 인해 어떤 실질적인 결과가 늘 발생하고, 그 여파가 계속해서 커지고 이에 모두가 노출되는 것. 그런 건 보기에 따라 별로 달라지지 않는다. 바로 음식이 이 후자에 해당되는 것이다.

잠깐, 여기서 잠깐. 음식에 이런저런 문제가 있다는 심각한 얘기 자체를 듣기 싫으면 어쩌냐고? 어떤 사안에 관해 겉으로 보이는 것 이면의 얘기에 대해서 아예 거부하는 사람이라면 더 이상 할 수 있는 건 없다. 하지만 그런 사람이 실제로 있을까? 오히려 정치적 공약이나 상품의 선전, 뉴스와 기사 등을 깊은 불신으로 대하며 속셈과 의도와 저의를 캐묻는 태도가 훨씬 일반적이다. 액면가 그대로를 꿀꺽 삼키는 사람이야말로 찾기 힘들다. 'A가 실은 B라는 문제가 있다는데'라는 구도의 문장은 매 순간, 모든 이의 입방아에 오르내린다. 어떤 사안이든 문제적 이면이 있으면 이를 묻고 알아보는 것은 당연하다.

그렇다면 유독 음식이 예외가 될 수 없음은 당연하다. 합리적인 이유 없이 건전한 논의에서 제외될 때 바로 터부라고 하는 것이다. 예외는커녕 지금 어느 때보다 이야기가 시급한 상황이다. 그 이유를 간단히 정리하면 다음과 같다. 인간이 지구를 못 살게 구는 가장 큰 이유를 딱 한 가지 꼽으라면 다름 아닌 음식이기 때문이다. 못 믿겠으면 차를 타고 달려보라. 어느 나라, 어느 지방이든 간에 창밖으로 보이는 대부분의 풍경은 뭔가 재배되는 경작지, 즉 농촌이다. 그 풍경은 당연하지 않다. 지금은 농경지이지만 한때 숲이나 습지였을 것이며, 오늘날도 그 모습 그대로이지 못할 이유는 없다. 다만 우리가 그렇게 만들었을 뿐. 차를 멈춰 슈퍼에 들어가 보라. 코너마다 즐비한 각종 식품에 든 동물과 식물과 균류와 조류, 그리고 그들의 다양한 원산지를 보라. 머릿속으로 지도 하나를 대충 떠올려 여기저기서 키우고 잡히고 운반되는 모습을 상상하라. 그 간단한 그림이 모든 것을 요약한다. 음식의 엄청난 영향력을.

근거를 묻는다면 차고 넘친다. 가령 육상 면적 전체에서 사막이나 빙하 등 황무지를 제외한 살 만한 땅이 71%인데, 이 중 절반을 농업이 차지한다.[01] 그리고 이는 계속해서 늘어난다. 한 발 물러서서 이 수치를 곱씹어 보자. 생명이 살 수 있는 땅에 이 세상의 모든 생물이 모여 산다. 그런데 그 절반을 뚝 잘라서 옆으로 제쳐놓는다. 지구의 약 870만 종 중에서 단 한 종을 먹여 살리는 데 써야 하기 때문에. 여기에는 도시나 도로 등 그 한 종을 위한 인프라의 면적은 아직 포함되지도 않는다. 식량 생산을 위해 지구가 통째로 이용된다고 해도 과언이 아닌 것이다. 더군다나 90%의 어장이 남획된 바다[02] 얘기는 아직 꺼내지도 않은 상태이다.

인류의 밥상을 위해 지구가 총동원되고 있다는 사실은 말그대로 사실이다. 이제는 제 아무리 지독한 반환경주의자라도 이런 데이터 자체에 대해 반론을 제기하진 않는다. 인간을 먹이는 일이 지구에 엄청난 부담을 짊어지우고 있다는 것은 더 이상 논란의 여지가 없다. 마찬가지로 명확하게 정립된 사실이 또 한 가지 있다. 그것은 식량의 종류에 따라 지구에 가해지는 부담이 엄청나게 다르다는 사실이다. 다른 말로 하면 이 모든 게 어쩔 수 없는 것이 아니라는 의미이다. 즉, 지구는 우리가 하기 나름이라는 뜻이다. 그래서 작금의 상황은 물론 앞으로 나아가야 하는 방법에 관한 과학적 연구가 이미 쏟아져 나와 있고, 그 결론조차 이미 내려진 상태이다. 결론은 육식을 확 줄이거나 그만두어야 한다는 것이다.

오해는 말라. 누구는 그 결론이 좋은 줄 아는가? 난 별로 한 것도 없는 것 같은데 정신 차려보니 지구가 이 모양 이 꼴이 되어 있는 게 나도 여간 속상하고 억울한 게 아니다. 원래도 고기를 많이 먹진 않았지만 좋아하던 것도 있었는데 당연히 불편하고 황망하고 씁쓸하다. 하지만 어쩌겠는가? 사실이 그렇다는데? 내가 이 주제로 그동안 읽은 모든 책, 논문, 기사와 접한 모든 강연, 세미나, 인터뷰, 동영상도 결론은 다 한결같다. 환경에 가장 불균형적인(전체에서 차지하는 비율에 비해 더 큰) 악영향을 끼치는 최대의 단일 인자가 육류의 생산인 것만은 확실하다.[03]

게다가 엄밀하게 말하자면 그동안 전혀 낌새도 채지 못했다 할 수 없다. 돌이켜보면 고속도로를 달리다 트럭 뒤에 잔뜩 실린 돼지들을 보며 저게 올바른 것일 수 없다는 생각이 늘 들었다. 가축 분뇨가 하천에 흘러들어가 일으키는 부영양화에 대해서도 알았고, 곡식을 직접 먹지 않고 사료로 만들어 가축에게 주고서 그들을 먹으면 에너지 효율이 떨어진다는 것도 학교에서 배웠었다. 다만 그것이 모이고 모여 어떤 규모의 문제가 된 것인지를 몰랐던 것뿐인데, 솔직히 말해 그조차 좀만 생각하면 쉽게 유추 가능한 것이었다. 하지만 늦게나마 그걸 안 이상 이제는 빼도 박도 못하게 된 것이다. 나나 세상이나.

일단 마주하고 나면 다음의 단계는 자명하다. 이미 과학적으로 정립된 사실관계에 대해 왈가왈부하는 데에 시간과 노력을 낭비하는 걸 원하지 않는 이상 이제 남은 건 그럼 어떻게 할 것이냐의 문제이다. 이 글은 물론 이 책 전체가 결국 이에 대한 얘기가 아닐까? 물론 결론은 뻔하다. 두 가지로 귀결된다. 자기가 스스로 결정할 일이라는 것과, 적어도 아무것도 안 할 순 없다는 것이다. 전자만큼 후자도 뻔하다는 점이 중요하다. 내가 뭘 먹는지가 환경에 엄연한 여파를 끼치므로 모두에게 책임이 있지만, 결국 타인이 강제할 수 없는 자신의 선택이다. 하지만 이상하게도 이 '각자의 선택' 부분만 지나치게 부각되고 강조되는 경향이 있다. 이에 못지않게 아무것도 안 하는 것은 더 이상 옵션이 아니라는 부분도 똑같이 중요한데도 말이다. 개인의 권리에 대한 강조는, 그 개인이 속한 전체에 대한 의무의 중요성과 함께 강조되지 않는 이상 반쪽짜리에 불과하다는 건 초등학교 때부터 도덕 시간에 배운 것이다. 더욱이 그 의무가 무엇인지 이제 훤히 드러난 마당에 말이다.

보통은 이 지점에서 감정이 격해진다. 그래서 어쩌라고? 보통 이것은 질문도 아니거니와 어쩌자는 방법을 알려달라는 것도 아니다. 그렇기 때문에 으레 "굶어 죽으라는 거냐", "그럼 식물은 생명 아니냐", "강요하지 말라" 등의 퉁명스러운 반박이 뒤따르기 마련이다. 여기서 스톱! 요 순간에 이뤄지는 소통만 좀 개선시켜도 상황은 크게 발전될 것이다. 모든 갈등은 어떤 분기점을 계기로 그 양상이 돌이킬 수 없이 첨예해지는데, 이 갈등의 분기점은 바로 여기이기 때문이다.

우선 불필요한 단순화부터 바로잡는 게 필요하다. 상대방의 의견을 극단적인 입장으로 정리하고 나면 당연히 합의점에 이르기란 불가능하다. 앞의 세 가지 반박은 너무나 전형적이고 대표적이라 한 번 짚고 넘어가는 것이 좋다. 육류를 줄이는 것이 굶어 죽는 것과 동격이 아니라는 것쯤은 이 문장 하나를 할애할

오십 보는 오십 보고 백 보는 백 보다

필요조차도 없으리라. 식물이 동물 같은 신경계가 없다는 것도 주지의 사실이며 모든 동물 복지 및 보호법이 이 사실에 근거하고 있는데 다 같은 생명이라는 것은 그저 논외의 사실이다. 물론 식물도 존중되어야 하고, 바로 그런 이유로 과도한 가지치기와 분재가 비판받는 것이다. 하지만 고통의 능력에는 엄연한 차이가 있다. 희한한 것은 어류를 죽이는 것을 정당화할 때는 오히려 이 차이를 전제로 어류가 고통을 느끼지 않는다고 주장하는 사람들이, 갑자기 진화적 유연관계가 더 먼 식물계와 동물계의 간극은 생명이라는 단어 하나로 무마하려는 모순을 자기도 모르게 범한다는 것이다. 또한 누가 누구에게 강요할 수 없음은 모두가 시원하게 인정하는 바이다. 안 그래도 문제가 수두룩한 이 세상, 다 신경 쓰며 살 수는 없는 노릇이다. 내가 별로 관여하지 않는 사안에 대해선 그렇게 말할 수 있다. 하지만 밥 안 먹고 사는 이는 없다. 그렇다면 결국 내 문제이다. 타인이 강요하는 것처럼 느낄 수는 있지만, 그 부담은 사실로부터 비롯되는 것이다.

다시 분기점으로 돌아가 상황을 정리해보자. 갈등의 가장 큰 요인은 이것이다. 갑자기 너는 '생각 있는 자', 나는 '생각 없는 자'가 되었기 때문이다. 둘이 길을 걷다가 한 명이 불쌍한 사람에게 돈을 주면 다른 사람은 졸지에 안 준 사람이 되는 원리와 비슷하다. 상황에 따라서 한쪽이 억울하게 느낄 수도 있다. 하지만 그것이 그 선행을 비판하는 이유가 될 수는 없다. 선행의 취지 자체를 반대할 이유가 되지 않음도 당연하다. 마찬가지로 육식이 갖는 문제에 대해 내가 실천이 부족한 것으로 분류되는 대화의 자리가 당연히 불편하고 속상하게 느껴질 수 있지만, 그것이 육식의 문제를 외면하거나 거부하는 이유가 되어서는 안 된다.

우선 흑백논리가 아니라는 것을 명심하자. 육류에 문제가 있다는 말이 다른 종류의 음식에는 아무런 문제가 없다는 말이 아니다. 식물이라도 환경에 대한 여파가 상당한 것들도 있다. 가령 열대우림을 파괴하는 팜유, 물을 고갈시키는 아보카도, 항공운송으로 탄소발자국이 높은 아스파라거스, 벌의 떼죽음으로 재배되는 아몬드, 메탄가스를 배출하는 쌀 등. 물론 공장식 축산처럼 끔찍한 고통의 시스템에 상응하는 것은 없지만, 농업도 단일재배와 농약 등으로 많은 생물을 죽이면서 이뤄지는 것이 사실이다. 하지만 육류가 지구에 짊어지우는 부담을 분석할 때 이 모든 게 누락되었다고 생각하면 오산이다. 이를 모두 감안해도 육류의 환경적 영향이 유독 치명적이라는 것이 문제의 핵심이다.

환경에 영향을 전혀 주지 않는 것은 없기에, 엄밀히 말하면 모두 정도의 차이라 할 수 있다. 그런데 이 '정도의 차이'라는 말의 해석이 결정적이다. '오십보백보'라는 속담의 영향 때문인지 기본적으로 다 똑같다며, 소 한 마리 먹는 것과 깨 한 톨 먹는 것을 동률로 보려는 시각이 우리 사회에선 더 일반적이다. 반대로 바로 그렇기 때문에 운신의 폭이 넓고 할 수 있는 게 많다는 시각은 의외로 쉽게 발견되지 않는다. 전자 대신 후자의 해석을 따를 경우 상황은 전혀 달라진다. 갑자기 온갖 옵션이 내 앞에 펼쳐진다. 앞서 말한 내 삶을 내가 결정할 자유를 오히려 십분 발휘하는 의미에서 문제가 되는 사안에 대해 나만의 방식으로 대응할 권리가 주어지는 것이다. 그럼에도 불구하고 악영향의 정도를 줄이려는 노력을 전혀 하지 않는다면, 그렇다면 내가 생각 없는 사람임을 스스로 결정하는 격밖에 되지 않는다.

온갖 옵션이 있다고 했다. 어떤 것들을 말하는가? 육류가

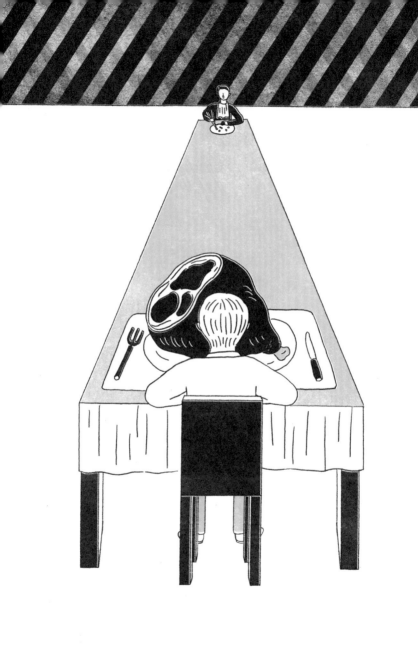

탄소 배출, 서식지 파괴, 수질오염, 고통 야기 등 문제의 주범인 만큼 지나치게 생색내는 수준의 행동을 제외하고 얘기하는 것이 옳다. 고기 100점 먹을 걸 99점 먹는 것까지 의미를 부여할 상황은 아니니 말이다. 어렵지 않은 것 몇 가지만 나열해본다. 우선 육류 중 환경에 대한 악영향이 압도적으로 높은 쇠고기는 일절 피한다. 스테이크처럼 육류 자체로 배를 채우는 메뉴는 아예 선회하고, 갈빗집 같이 고기를 전면에 내거는 식당과 고기 뷔페처럼 양으로 승부하는 곳도 거른다. 그 대신 식단을 다양화 해본다. 술자리라 해서 무조건 삼겹살이나 치킨만 고수하지 말고 부침개나 감자튀김도 떠올린다. 이태리 식당에선 알리오 올리오와 페스토 파스타, 중국집에선 가지요리와 야채볶음밥, 일식에서는 아게다시도후와 야채 덴뿌라가 있다. 인도 식당은 원래 채식과 비채식으로 구분한다는 걸 잊지 말자. 비건 식당도 다양성의 측면에서 시도해본다. 원래 고기로 맛을 내지 않는 시레기밥, 보리밥, 두부김치, 콩비지, 열무국수, 들깨칼국수 등의 선택지를 적극 활용한다. 제육, 뚝불, 삼계탕 등 고기 의존도가 높은 한 그릇 음식 대신 백반으로 전환한다. 가벼운 안주로는 김 및 파래튀

각, 견과류, 강정, 쌀과자, 올리브, 프레첼 등으로 육류를 대신한다. 공공성을 추구하는 행사의 다과나 케이터링을 채식으로 주문한다.

누구나 따를 만한 모범적인 식단을 제시한 것이 아니다. 그저 가장 환경에의 영향이 심한 항목 안에서 정도의 차이를 금방 실현할 수 있는 몇몇 사례에 불과하다. 주로 적색육에 한정해서 어렵지 않게 실천할 수 있는 것들을 열거해보았지만, 백색육, 낙농 제품, 해산물, 그리고 환경적 영향이 큰 식물성 식품에 대해서도 물론 비슷한 얘기를 할 수 있다. 앞의 사항을 모두 실행한다 해도 엄격한 채식을 하는 사람에 비하면 생태적 발자국이 훨씬 높을 것이다. 한 방에 동물성 식품을 아예 졸업할 수 있다면 더욱 좋을 것이다. 하지만 저 모든 것을 거의 매일 하던 사람이 저걸 다 안 하거나 부분적으로라도 안 한다고 생각해보자. 그리고 그런 사람이 한둘이 아니라고 가정해보자. 그러면 얘기가 달라진다. '오십보백보' 정도가 아니라 천 보, 만 보 이상의 차이가 난다면 그 집합적 효과는 괄목할 만할 것이다.

뭐라도 실천하는 것이 아무것도 안 하는 것보다 낫다는 논리는, 내 현 상태를 지나치게 정당화하거나 나보다 더 잘하는 사람들을 부정하는 데 쓰이지 않는 이상 특별히 문제시될 것이 없다. 과도한 육식을 하는 사람보다 지구를 생각해 육식을 줄이는 나를 독려하되, 식습관은 물론 다방면에 걸쳐 삶을 친환경적으로 사는 사람들을 우러러보며 머무름이 없이 계속해서 그 방향으로 스스로를 발전시키는 것이 중요하다. 이제는 음식 문제로 기분 나빠할 때가 아니다. 모두가 자기 몫을 함으로써 생태적인 문명으로 함께 나아가야 할 때이다.

어느 불량 비건의 고백

김
사
월

당신의 비건 트친

우울하고 잠들기 어려운 밤, 유튜브에서 시간 죽이기 식으로 쓸모없고 웃긴 동영상을 본다. 멍하게 있는 시간이 좀 필요하기 때문인데, 그런 식으로 본 동영상은 나의 유튜브 알고리즘을 서서히 지배하여 언젠가부터 추천 목록은 참 지저분해졌다. 그 목록을 볼 때마다 나의 무의식이 어떤 사람인지를 보여주는 것만 같아 부끄러워진다. 애플 음악에서는 '좋아요'도 있지만 '싫어요'도 있다. 엄지를 내린 모양의 이 단추는 '비슷한 항목 제안하지 않기'인데, 다음에 이런 종류의 음악은 듣고 싶지 않다는 뜻

41   어느 불량 비건의 고백

이다. 큰 의도 없이 이 '싫어요'를 써보았고, 그것이 어떻게 작용했는지는 모르겠지만 언젠가부터 애플 음악이 추천해주는 음악들은 약간은 나의 취향에 다가오고 있었다. 힐링과 살벌함을 동시에 선사하는 인터넷 세상의 자극에 중독되어 살아간다. 우리에게 허락된 마약이니까 …….

나의 트위터 타임라인 역시 내가 원하는 소재들로 구성되어 있다. 여성, 인권, 퀴어, 인간사에 대한 비판과 해학, 케이팝과 케이 문화, 〈세상에 이런 일이〉 스타일의 짤방과 틱톡들이 대부분인 연약한 왕국이다. 그리고 …… 그 안에는 우리의 비건인들이 있다.

이번 시즌 스타벅스 음료는 비건 옵션이 되는지, 최근 뜨는 비건 식당이 잘하는 메뉴는 무엇인지 정보를 나누고, 플라스틱 사용과 지구 온난화에 대한 우려와 경고, 비인간 동물들이 현재를 사는 이슈를 이야기한다. 나는 트위터가 아니었으면 이런 소식들을 잘 몰랐을 것이다. 퀴어와 페미니스트들은 세상에 자신이 존재하는 것을 인정받기 위해 '노력'을 해야 하는 상황이었고, 이 상황과 별반 다르지 않은 동물권과 환경계의 소식은 자연스럽게 나의 타임라인에 도착했던 것이다. 공장식 축산업계에 대한 폭력적인 사실을 알게 되며 충격을 받았다. 육식이 가져오는 탄소 발생률과 그에 관한 기후 위기에 대해서도 알게 되었다. 그리고 생각했다. 내가 꼭 고기를 먹어야 하나? 지금까지 별 고민 없이 논비건non-vegan 생활을 해왔지만, 굳이 논비건 음식을 남용할 이유는 없었다. 이 사실을 알고 공감하게 되니 조금이라도 육식 소비를 줄이고 싶다고 생각했다.

비건 지향의 실천을 한번에 시작하기는 어려웠다. 일주일에 하루는 비건 식사의 날로 정하고 조금씩 그 정도를 늘려갔다. 좀 뿌듯한 느낌에 트위터에 비건 식사를 올렸다. 누군가 "비건이세요?"라고 물어봤다. 자신이 없어서 그땐 "플렉시테리언입니다"라고 대답했다. 언젠가부터 집 안에 논비건 음식을 들이지 않았다. 비건 식단에 도전하는 날들은 늘어갔고, 누구도 죽이지 않는 식사에 감사함과 뿌듯함을 느꼈다.

여기까지가 간단하게 줄여본 나의 비건 생활 입문기이다. 만약 트위터가 없었더라면 나는 아직 육식을 하고 있었을지도 모른다. 그리고 육식이 자본주의의 상패라도 된 양 찬양하고 있을 것이 뻔하다. 트위터를 해서 정말 다행이야. 페미니즘과 비거니즘을 알았으니. 그렇지만 나는 아직도 아쉬운 페미니스트고 너무나 부족한 비건이다.

거기서 고기만 빼주시면 돼요

두근두근 나의 첫 비건 기내식은 간이 되지 않은 삶은 채소와 감자였다. 내 옆자리 사람들이 먹는 저 비빔밥에서 고기랑 닭알만 빼주시면 되는데…. 보기만 해도 욕망도 기운도 사라지게 하는 이 비건 기내식을 보고는 슬퍼져서 억지로 소금과 후추를 쳐서 먹고 있었다. 오랜 시간이 지나도 내가 받은 기내식의 양이 줄어들지 않자 승무원 분이 나를 보더니 걱정하며 물었다.

"햇반이랑 고추장이라도 좀 드릴까요…?"

왠지 자존심을 지키고 싶어서 "아니오…"라고 대답했지만, 조금 후회했다. 그리고 서울 집에 돌아와서 고추장에 밥을 비벼 먹었다.

비건 마라샹궈를 시켜서 친구들과 나눠 먹으며 "비건 음식

을 처음 먹어보는데 맛있네!" 하는 반응을 보니 기쁘다. 그리고 비건식은 맛이 없다는, 거짓만은 아닌 편견을 나 역시 조금 느끼며 씁쓸하다. 우리가 자주 먹는 나물 반찬과 과일도 분류로 보면 비건 음식이고 소주도 아메리카노도 비건인데, 비건은 무언가 특별하고 건강하고 맛이 없다는 편견이 있다. 이건 육식과 자본주의가 '고기'는 무조건 맛있다고 주장하는 것과 비슷하고 익숙한 느낌이기도 하다. 그냥 지금 먹는 음식에서 논비건 재료만 빼도 괜찮을 것 같은데 그건 어려운 걸까. 김밥집에서 "햄, 계란, 맛살 빼고 주세요" 하고 주문하는 것은 조금 쑥스럽고 애매하기도 하다. 게다가 "그럼 맛없을 텐데…"라는 대답을 듣는다. 그렇지만 혹시 그렇게 해주시면 안 되나요…? 혹시 맹물에 들깨 칼국수 해주시면 안 되나요…? 혹시 순두부찌개에 조개랑 계란 빼고 주시면 안 되나요…? 혹시… 안 되나요…?

논비건 재료를 먹지 않고 식사를 해결하려니 자연히 집밥 의존도가 커졌다. 파릇하고 단단한 채소들을 가지런히 썰어 올리브유에 굽고, 소금과 후추로 간단하게 간을 해서 예쁜 접시에 담아 좋아하는 차와 함께 먹는 것은 비건 프라이드를 가득 채울 수 있는 즐거운 식사이다. (가지와 버섯, 아스파라거스는 왜 소금간만 해도 이렇게 맛있는지!) 비건 식생활을 결심하고 나니 싱싱한 제철 채소들이 동네 시장과 마트에서 더 눈에 띄기 시작했다. 싱싱하고 맛있는 채소와 과일은 계절마다 풍부했고, 지역의 장인들이 직접 짠 참기름과 들기름은 요리의 향과 감칠맛을 더해주었다. 어디에나 넣어 먹어도 맛있는 다양한 버섯들, 바다에 대한 그리움을 채워주는 해초류, 크리미한 질감을 더해주는 두유와 들깻가루 등 …… 그렇게 오래오래 행복하게 살았으면 얼마나 좋았을까.

누군가 청소와 요리가 삶의 가장 작은 단위라고 했던가? 나는 삶을 차분히 테트리스 하지 못하고 망하면 모두 버리고 다시 시작하는, 그러니까 삶의 가장 작은 단위에서 꼼꼼하지 못한 편의 사람이다. 굳이 비건식이 아니더라도 '집밥'을 차려 먹으려면 준비와 식사, 정리까지 꽤 시간이 걸리는 이 일은 약간 게으르고 많이 의욕 없는 내가 솔직히 무척 잘할 수 있는 분야는 아니었다. 건강하게 식사를 하는 일은 조금만 바쁘거나 우울해져도 소홀해졌다. 점점 비건 레토르트나 배달 음식으로 식사를 때우기 시작했다. 비건 라면을 한 상자 사고 나서는 스스로 조금 실망했다. 불규칙하게 살아가는 나에게 붙들려온 가여운 채소들은 급격하게 시들어갔다.

비건 다이어터의 탄생

비건식을 하는 이들에게 유명한 문구가 있다. "당신이 먹는 것이 곧 당신 자신이다." 이 매력적이고 건강한 세계에 매료되어 있다가 발견했다. 나의 체중이 3킬로그램 정도 늘어버렸다는 걸 ……. 채식해서 살이 찐 건지 논비건 때보다 은근히 잘 챙겨 먹은 건지, 그냥 그 당시 나의 몸 상태가 그랬는지 모르겠지만 사실이다. 사실 3킬로그램 정도 찐다고 몸에 엄청나게 큰 변화가 오는 건 아니다. 건강에 이상도 없었다. 그러나 미묘한 옷태의 차이를 느끼며 나는 크게 우울해졌다. 노래하는 데 겉모습이 중요할까? 당연히 아닌데, 사실 잘 모르겠다. 정답은 없지만 나 같은 경우 예전보다 좀 둔해 보이는 내 모습을 보고 자신감을 약간 잃었다. 그래서 어딘가 촬영이나 공연이 생기면 최대한 여기서 체중이 늘지 않게(사실은 줄었으면 하며) 노력하며 지내게 되었다. 먹는 것을 제한하며 내가 원하는 비거니즘이라는 가치를 향했던 건데, 그 안에서 더욱 식이 조절을 해야 그나마 평소보다는 나은 몸과 몸무게 상태가 만들어졌다. 나는 요령이 없었고 버티기 쉽지 않았다. 공연이나 촬영 전까지 덜 먹다가 그 일들이 끝나면 나에게 보상하고 싶은 욕구가 커져서 폭식을 했다. 이때 논비건 음식을 충동적으로 먹고 죄책감에 시달리는 일도 허다했다. 이 반복되는 고리 속을 살며 나는 어느 순간 '#나의비거니즘일기'를 멈춘 나의 비건 계정을 실감했다. ('#나의비거니즘일기'는 비건으로 맛있게 먹은 식사들을 공유하며 서로의 프라이드를 자극하는 즐거운 해시태그이다. 이 해시태그에 접속하면 비건인들의 창의적이고 먹음직스러운 식사들이 압축보관 되어 있다. 보통은 집밥이 주를 이루고, 맛있는 비건 식당을 알리며, 흔히 샐러드만 먹을 것 같은 채식의 이미지가 아닌 즐겁게 요리를 대하는 평범한 비건 생활을 볼 수 있다.)

인스타그램에서 다이어트 식단과 보조제 광고를 발견할 때면 어딘가 해로운 것 같다. 그런데 나도 그렇게 휩쓸려 산다. 해로운 나도 있는 그대로 괜찮을 수 있을까? 채식하고 살이 너무 빠져서 고민인 사람도 있고 피부가 좀 좋아진 것 같다는 사람도 있다지만(나도 뾰루지는 덜 나는 것 같다), 나와 같은 비건 다이어터도 분명 있을 것이다. 환경과 생명을 존중해야 하고 …… 그걸 실천하는 내가 더 살쪄서는 안 되었다.

매번 옳지 못하더라도

채식이라는 개념을 전혀 모르다가 처음 알았던 계기가 있었다. 가수 이효리가 활동 초기의 화려한 모습에서 서서히 자신의 소탈한 일상을 지켜가고, 유기견에 대한 관심과 육식을 피하는 것에 관한 생각을 밝혔을 때였다. 그는 자신의 과정을 숨기지 않았고, 어린 시절의 나는 그때 채식이라는 것이 있구나 하고 처음 알았다. 어려운 선택이었으리라 감히 짐작해본다. 나는 여러 죄책감 때문에 비건이라고 말하는 것이 부끄러워 '지향'이라고 말하며 한 발을 뺀 상태로 나의 평화를 지키려고 하니까.

우리가 원하는 삶의 방향으로 가는 과정에서 우리는 매번 옳지 못할 것이다. 사람의 삶은 복합적이고 입체적이기에 완전할 수도, 완벽할 수도 없다. 매번 옳지 못해서 포기하는 것보다는 틀릴 때가 많아도 계속 그 방향으로 향해 가는 것이 자연스럽지 않을까 조심스레 생각해본다. 지금도 어디론가 가고 있을 자신과 누군가를 위해, 속도가 다르지만 힘을 보태는 과정은 필요하다. 죄책감과 진입장벽이 낮아져서 부족해도 노력하는 비건들의 수가 더 많아졌으면 좋겠다.

오래 알고 지내던 분이 채식주의자다. 비건과 페스코로 지내며 약 10년 동안 채식을 했다고 한다. 내 옆에 존재하는 첫 채식주의자였다. 신기해하면서도 실수하지 않기 위해 조심했다. 그러면서도 나는 그가 고기를 먹지 않는다는 사실을 종종 잊었다. 가끔 식사해야 할 때마다 어디로 가야 할지 막막했다. 세월이 흘러 내가 비거니즘에 관심이 생겼을 때 문득 그의 생활이 궁금해졌다.

"저는 아름다움을 사랑해요. 제 삶이 아름다웠으면 좋겠어요. 그런데 육식은 모든 과정이 저의 기준에서는 아름다운 것이 아니더라고요. 한동안은 식사부터 생활까지 엄격한 비건으로 살았어요."

문득 상상한다. 기후 위기로 인한 세상의 멸망을. 수도와 전기는 끊기고 마트에는 음식이 없다. 도시의 상점들은 문을 닫고 교통은 마비되거나 파괴된다. 기후 난민들이 발생하고 우리 대부분은 거의 살아남을 수 없을 것이다. 초등학생 때 학교 운동장에서 올려다본 시리도록 파란 하늘을 당장 10년 후 나의 삶에서 기대할 수 없을지도 모른다는 생각에 막막해진다. 이런 생각으로 우울해지는 것을 '기후 우울증'이라고 한다. 개인이 기후변화를 막기에는 너무 무기력한 기분이 들고 국가적으로 어떤 액션도 없다고 느끼는 것에 대한 우울이다. 지금 플라스틱 한 번 쓰는 것도 걱정되는데 세상은 잠깐의 편리함을 위해 영원한 쓰레기를 만들기로 작정한 것 같다. 인간이 존재하다 떠나는 것만으로 지구는 고갈되고 쓰레기는 남는다.

그것이 인간의 운명이라면 나는 남은 평생이라도 허튼 감정과 썩지 않는 쓰레기는 최소한으로 줄여놓고 세상을 떠나고 싶다고 생각했다. 나는 가진 것이 너무 많다. 나의 생애 동안 다 쓰지도 못할 많은 감정과 물건들을 늘리다 백 년도 못살고 무책임하게 세상을 떠날 테지. 쓰레기만 두고 사라지기엔 지구라는 곳에서 내가 받은 것이 참 많다. 플라스틱 사용과 일회용품을 줄이고 나 때문에 죽는 생물이 최소한이었으면 좋겠다. 낭비만 가득 찬 인생이 되고 싶진 않다. 나와 나의 이웃들, 나의 세대 이후의 사람들을 위해 지구라는 에어비앤비에 조용히 깨끗하게 묵고 가는 이름 없는 손님이 되고 싶다.

고기라는 질문*

조지 몬비오
번역―김산하

비행기보다 더 해로운 것

처음에는 수치가 너무 충격적이라 나는 믿지 않았었다. 어디 각주에 파묻혀 있는 걸 발견했는데 오타인 줄 알았다. 그래서 원문을 찾아 저자에게 문의를 하고** 참고문헌을 검토했다. 놀

---

*　　이 글은 다음의 두 글을 저자의 허락하에 순서대로 엮은 것이며, []는 옮긴이 주이다. George Monbiot, "Goodbye–and good riddance–to livestock farming", *Guardian*, 2015.12.22(https://www.monbiot.com/2015/12/22/sacrifice); "Warning: your festive meal could be more damaging than a long-haul flight", *Guardian*, 2017.10.4(https://www.monbiot.com/2017/10/06/the-meat-of-the-matter).

랍게도 모두 사실이었다.

영국 산지 농장에서 생산되는 소고기 단백질 1kg이 643kg의 이산화탄소를 배출한다. 같은 곳에서 생산되는 양고기 단백질 1kg은 749kg를 배출한다. 다른 말로 하면, 어느 동물에서 나온 단백질이든 1kg이 내뿜는 온실가스의 양은 누군가가 런던에서 뉴욕으로 비행기를 타고 가는 것보다 많은 것이다.＊

이 수치는 토양의 탄소 함량이 높은 농장에서 나온 것이라 최악의 경우에 해당된다고 할 수 있다. 하지만 더 광범위하게 연구한 결과를 보더라도 사정은 그리 낫지 않다. 기껏해야 뉴욕 편항공권을 잉글랜드와 웨일스의 산지 농장에서 생산한 양고기

＊＊　　더크 니잠Durk Nijdam은 자신의 논문에 나온 수치를 다음과 같이 설명했다. "에드워드 존스로부터 사용한 데이터는 표 6과 표 7에 나온 평균값이다. 이는 농장에서의 생체중[살아 있는 생물의 무게]의 킬로그램이 단위였고, 나는 소매 육류나 단백질의 킬로그램당 자료를 제시하고자 했기에 다음과 같이 계산했다. 도태 성분[상업적인 용도나 기준에 못 미치는 개체에서 얻은 고기]은 소고기가 53%, 양고기가 46%, 도살 성분[일반적인 과정으로 도축한 고기]은 소고기가 70%, 양고기가 75%, 포장과 유통은 0.3kg CO_2, 그리고 단백질 함량은 20%이다. 따라서 표 6에 나온 생체중 51.6kg CO_2/kg은 (51.6/0.46/0.75)+0.3/)0.2 = 749kg/kg의 단백질이 된다."

단백질 3kg과 맞바꿀 수 있을 정도이다.** 대두 단백질로 똑같은 효과를 내려면 300kg는 먹어야 한다.

크리스마스 저녁 식사 메뉴를 고를 때처럼 어떤 선택을 할 때 우리는 정보에 근거해 합리적인 결정을 내리는 것처럼 보인다. 그러나 그 결정이 합당해 보인다고 해서, 또 그렇게 느껴진다고 해서 실상도 그러한 것은 아니다. 이 경우처럼 도덕적으로 가장 고결해 보이는 것일수록 더욱 그렇다. 산을 자유롭게 누비는 동물을 돌보는 거친 손의 목동들이 있을 뿐 콘크리트와 철골로 된 현대적 공장식 축산의 무시무시함이 하나도 없는데도 그토록 엄청난 환경적 영향을 끼친다는 사실이 놀랍기만 하다.

수치가 이 정도로 높은 이유는 그 산업이 그 정도로 비생산적이기 때문이다. 양 한 마리를 키우기 위해 아주 넓은 땅을 황

＊　　내 책《히트Heat》를 집필하며 조사한 결과, 영국 승객 한 명당 장거리 비행이 110kg의 이산화탄소를 배출한다는 정보를 영국 정부로부터 얻었다. 런던과 뉴욕의 거리는 5585km이다.

＊＊　　더크 니잠의 공식을 적용해, [더크 니잠의] 본 논문에서 발표한 양고기 생체 중 17.86kg CO2e/kg은 단백질로 환산하면 259kg CO2e/kg이 된다.

량하게 유지하면서도 비료를 줘야 한다. 양은 먹이를 찾으러 동산을 돌아다니는데, 그 과정에서 가만히 있는 동물보다 더 많은 지방과 메탄을 배출한다.

여기엔 엄연한 대가가 따른다. 농장 동물에게 이로운 건 자연에 해로운 경우가 많다. 실내 축산의 잔인함만큼 야외 축산의 파괴력도 크다. 방목해서 키우는 돼지나 닭을 지금의 경제 규모로 늘리면 환경엔 재앙이 될 것이다. 방목장에서는 질산과 인산이 흘러나와 강에 유입된다. 돼지의 경우 배수가 잘되는 땅에 저밀도로 키우지 않으면 흙을 으깨버리는 경향이 있다. 이런 농장을 본 내 친구는 노천 채굴 광산 같은 축산이라고 말했을 정도이다.

가축에게 호르몬과 항생제를 잔뜩 투여해서 생산성을 끌어올릴 수 있다. 그러면 생산되는 고기 1kg당 탄소 배출량이 낮아진다. 그러나 이 또한 엄청난 대가가 따른다. 얼마 전에 영국의 항생제 연구소 소장은 전 지구적 슈퍼버그의 위기를 막기엔 이미 늦었다고 경고했다. 무책임한 농부들이 저항성 박테리아를 죽일 수 있는 마지막 희망인 콜리스틴 항생제를 체중을 늘리는

데 효과적이라는 이유로 가축에 대량 투여한 것이 그 한 가지 원인이다.

그러나 모든 생산방식 중에서 가장 매력적인 것이 가장 안좋다. 산지 축산은 기후변화에 불균형적인 악영향을 끼치지만, 이게 다가 아니다. 우리의 물을 더럽히고, 홍수의 위험을 증가시키며, 야생동물의 보금자리였을 곳을 파괴한다. 텅 빈 고지대를 그 상태로 유지시키는 경제활동은, 실은 농장 보조금을 통해서 겨우 지탱되고 있다. 경제적 생산성 대비 파괴의 비율이 이보다 더 높은 인간 활동은 상상하기 힘들다.

축산업계의 친구들은 나를 반농민이라고 비판한다. 내가 어두운 면을 강조하는 것은 사실이나, 그것은 다른 언론인들이 이 이슈들을 다루길 꺼려하기 때문이다. 하지만 내가 농업 자체에 어떤 악감정이 있는 것은 전혀 아니다. 오히려 정반대이다. 지난주에 엑스무어의 한 농장을 방문했는데, 그곳에서 양을 키우는 일의 아름다움에 대한 이야기를 들었다. 목가적 이상향인 목동의 삶(구약신학과 그리스 전원시에 잘 나타나는)은 순수함과 천진함의 결정체로서 도시의 부패로부터 탈출해 찾는 안식처 같은 곳이다. 그러나 야생동식물의 대멸종, 심각한 풍수해, 기후변화 등 오늘날과 같은 다면적 위기 상황에서 이런 환상을 계속해서 갖는다는 것은 너무나 큰 대가가 따르는 일이라 생각한다.

살고 있는 지역에서 나는 음식을 먹는 것에 대해서는 부분적으로 동의한다. 공간에 대한 감수성과 귀속감에 도움이 되며, 가볍게 치부할 일은 분명히 아니다. 지역 농민에게 계절 과일이나 야채를 사면 환경에도 좋다. 하지만 우리는 음식에 포함된 항공 마일리지를 너무 강조한 나머지 다른 여파는 평가절하 하는 경향이 있다. 식량 산업 전반에 걸쳐 운송으로 배출되는 온실가스는 평균 11%에 불과하다. 지구 반대편에서 실려 온 콩이 이곳에서 만들어진 고기보다 환경적 여파가 더 적을 수 있다.

2015년 11월에 발표된 한 논문은 고기 식단에서 녹색 채소 식단으로 전환하는 것이 환경에 부정적일 수 있다고 주장했다. 칼로리로 계산해보면 상추를 기르는 게 돼지고기를 만드는 것보다 더 많은 온실가스를 배출한다는 것이다. 하루 권장 에너지 섭취량을 상추로 해결하려면 15kg나 먹어야 한다. 당신이 체중 200kg 토끼라면 가능할지도 모른다. 또 다른 논문에서 말하듯이 "야채 20인분을 만드는 데 드는 온실가스 배출량은 소고기 1인분보다 적다."

《기후변화Climatic Change estimates》에 실린 논문은 전 세계 사람들이 점점 서구식으로 먹으면서 농장에서 발생하는 메탄과 아산화질소를 이산화탄소 환산량으로 계산하면 2070년까지 매년 130억 톤 증가할 것이라고 추정한다[지구온난화지수에 따르면 메탄은 이산화탄소의 21배, 아산화질소는 310배의 영향을 미친다]. 이는 지구의 온도 상승을 섭씨 2도 이내로 묶어두기 위해 인류의 활동 전체가 넘어서면 안 되는 배출량을 넘어서는 양이다. 우리가 식단을 바꾸지 않는 이상 기후 시스템의 붕괴는 불가피하다.

이는 무엇보다 동물성 단백질의 대부분을 식물성 단백질로 바꾸어야 한다는 것을 의미한다. 이것은 우리가 마음만 먹으면 전혀 고통스러운 일이 아니다. 예전엔 많은 영국인들이 매일 녹두를 먹었다. 피즈 푸딩[완두콩 푸딩], 피즈 스튜[완두콩 스튜] 또는 완두콩 수프라 불렀다. 남아시아에서처럼 이 요리의 재료는 지역과 계절에 따라 조금씩 변했다. 삶의 다양성을 전혀 해치지 않으면서 식단에 변화를 가할 수 있는 무수한 사례 중 단 하나일 뿐이다.

육류나 동물성 식품을 전혀 먹지 말라는 것이 아니다. 지금 보다 훨씬 적게 먹어야 한다는 것이다. 이제는 크리스마스 때나 한 번씩 먹는 것이다. 그리고 그때에도 신중히 선택해야 한다.

문제의 육질: 광산과 축산의 공통점

미래 세대가 지금 우리의 시대를 되돌아본다면 무엇을 가장 충격적으로 여길까? 우리는 노예제도, 여성 차별, 합법적 고문, 이단의 처형, 정벌과 학살, 제1차 세계대전과 파시즘의 발생 등을 돌아보며 어떻게 당시 사람들이 그것들을 보고 경악하지 않았을까 묻는다. 그렇다면 우리의 후손이 끔찍이 여길 지금 이 시대를 대표할 만한 광기의 극치는 과연 무엇일까?

후보는 너무나 많다. 그런데 고기나 달걀이나 우유를 먹기 위해 동물을 집단적으로 감금하는 것, 그것도 분명히 포함된다고 나는 생각한다. 우리는 개와 고양이에게 애정을 쏟으며 스스로 동물을 좋아하는 사람들이라고 하면서도, 그들과 똑같이 감정을 가진 수십억 마리의 다른 동물에겐 무자비한 고통을 주고 있다. 너무나 명백한 위선이라 우리가 어떻게 이것을 똑바로 보지 못했을까 하며 미래 세대는 어리둥절할 것이다.

변화는 저렴한 인공 고기가 등장하면서 시작될 것이다. 흔히 기술의 변화가 윤리의 변화를 촉발하기도 한다. 2017년 9월 중국이 배양육 생산 기술을 위해 300만 달러를 지불한 사건은 축산업 종식의 시작이다. 하지만 변화는 빨리 일어나진 않을 것이다. 엄청난 규모의 고통은 앞으로도 수년간 지속될 것이다.

그래서 답은 가축을 야외에 풀어 키우는 거라고, 유명 셰프나 음식 평론가들이 말한다. 배터리 케이지에 가둬 키운 돼지고기 말고, 방목한 쇠고기나 양고기를 먹으라는 것이다. 하지만 이는 한 가지 재앙을 또 다른 종류의 재앙과 맞바꾸는 것밖에 되지 않는다. 대규모 잔혹 행위 대신 대규모 파괴를 가져올 뿐이다.

축산은 그것이 어떤 형태이든 간에 환경에 얼마간의 파괴를 일으키지만, 밖에서 기르는 것보다 더 파괴적인 것은 없다. 이유는 비효율성이다. 방목은 살짝 비효율적인 게 아니다. 기가 막힐 정도로 낭비적인 것이다. 방목에 쓰이는 지구의 육상 면적은 작물 재배 면적의 두 배에 이른다. 그러나 방목지의 풀만을 먹은 동물이 생산하는 단백질의 양은, 인간이 하루에 섭취하는 81그램의 단백질 중 1그램에 불과하다.

학회지《총체적 환경 과학Science of the Total Environment》에 실린 논문은 "서식지를 파괴하는 가장 커다란 단일 원인이 축산"이라고 보고한다. 방목한 가축은 생태계를 파괴하는 자동화 시스템이다. 그저 땅에 풀어놓기만 하면 알아서 다 해치운다. 나무 묘목을 뜯어먹고 복잡한 생태계를 단순화시킨다. 그리고 가축을 키우는 사람들은 그들의 포식자까지 제거해 그 효과를 배가시킨다.

예를 들어 영국의 경우, 칼로리로 따지면 가축의 양은 전체 식단의 1%만을 차지한다. 그럼에도 불구하고 그들은 고지대의 땅 400만 헥타르를 차지한다. 이 정도면 영국의 작물 재배지 전체의 면적과 맞먹고, 도시가 세워지거나 포장이 된 면적(170만 헥타르)의 두 배가 넘는다. 한때 이곳의 고지대를 덮었던 울창한 우림과 다양한 서식지는 사라지고, 그 많던 야생동물은 몇 개의 억센 종으로 축소되었다. 생산된 고기의 양에 비해 발생한 피해는 이루 말할 수 없을 정도로 큰 것이다.

식단에서 고기를 대두로 대체하면 단백질 1kg당 필요한 땅의 면적을 엄청나게 줄일 수 있다. 닭고기는 70%, 돼지고기는 89%, 쇠고기는 97%나 감소한다. 한 연구에 따르면 우리 모두가 식물성 식단을 따른다면 현재 영국에서 고기 생산에 할애된 땅 1500만 헥타르를 자연에 되돌려줄 수 있다고 한다. 또는 인구 2억 명이 먹을 만한 양의 식량을 재배할 수도 있다. 축산의 종식은 지구의 야생동식물은 물론, 자연의 모든 경이로움과 위대한 서식지를 구원하는 일이 될 것이다.

너무나 예상 가능하게도, 동물을 키우는 사람들은 이에 맞서는 논리를 세워 반박해왔다. 그들은 가축을 방목하면 대기로부터 탄소를 빨아들여 토양에 저장함으로써 기후변화의 속도를 줄이거나 심지어는 되돌릴 수 있다고 주장한다. 400만 명이나 시청한 TED 강연에서 앨런 새이버리Allan Savory는 '전체론적' 방목을 하면 지구 대기의 탄소량을 산업화 이전 시대로 되돌릴 수 있다고 말한다. 내가 그를 인터뷰했을 때 그는 이 주장을 뒷받침하는 어떤 근거도 내놓지 못했다. 하지만 그런 사실의 여부와 상관

없이 그의 인기는 여전하다.

이와 비슷한 말들이 많다. 농촌을 소재로 한 BBC의 라디오 드라마 시리즈 〈디 아처스The Archers〉의 스토리 에디터 그레이엄 하비는 미국의 평원이 "산업화 이전 시대부터 전 지구가 뿜어댄 탄소 전부를" 흡수할 수 있다고 주장했고, 이는 영국의 농촌을 보호하자는 캠페인에 활용되었다. 이제 전 세계의 농민 단체들이 이런 시각을 도입하고 있다.

식량 기후 연구 네트워크Food Climate Research Network가 출간한 보고서 〈방목과 혼돈Grazed and Confused〉은 다음 질문에 답을 구하고자 했다. 가축을 야외에 풀어 키우는 것이 결과적으로 온실가스의 감축을 가져올 수 있는가? 논문의 저자들은 이 주제를 2년 동안 연구하며 300개의 참고문헌을 검토했다. 그들이 얻은 결과는 명백하다. 답은 'No'이다.

어떤 종류의 방목은 다른 종류에 비해 상대적으로 우수한 것이 사실이라고 그들은 말한다. 특정 조건하에서 초지의 식물이 뿌리를 확장하고 낙엽층을 쌓으면서 땅에 탄소를 축적할 수도 있다. 그러나 새이버리나 하비와 같은 사람들의 주장은 '심각하게 호도된' 것들이다. 축산의 십자군을 자처한 이들이 말하는 방목('전체론적', '재생적', '집단적', '적응적' 목축 등으로 표현된)의 탄소 저장력에 대한 증거는 미약하거나 논란의 소지가 많으며, 설령 그런 효과가 있다 하더라도 아주 작다.

최선의 선택은 전체 온실가스의 20~60%를 차지하는 가축의 탄소 배출량을 없애는 것이다. 그런데 어쩌면 이조차도 확실치 않다. 학회지《탄소 균형과 관리Carbon Balance and Management》에 실린 한 논문은 가축이 발생시키는 메탄(매우 강한 온실가스)의 양이 평가절하 되어 있다고 주장한다. 뭐가 맞든 간에 초원의 탄소 저장력은 산업 문명 전체의 탄소는 말할 것도 없고, 가축 스스로가 기후에 미치는 영향조차 상쇄시키지 못한다. 나는 더 많은 사람들이 호도되기 전에 TED 측에서 경고의 메시지를 게시해야 한다고 생각한다.

마지막 논리가 허물어지고 나면 불편한 진실을 마주한다. 가축은 탄광 산업만큼이나 인간의 지속 가능한 미래의 일부가 될 수 없다는 사실 말이다.

너무나 큰 환경적 대가를 치르면서 너무나 적은 것을 얻는 그 광대한 초원은 야생으로 되돌리기에 적합한 땅이다. 즉, '재야생화' 또는 '활생活生'이라 부르는 대규모 자연 복원을 할 만한 곳이다. 그러면 이 엄청난 서식지 파괴와 생물다양성 및 풍부도 [생물 자체의 양]의 소실을 막을 뿐 아니라, 삼림과 습지와 사바나가 다시 생겨나면서 그 어떤 정교한 방목지보다 훨씬 많은 양의 탄소를 흡수하게 될 것이다.

동물 농장과 축산의 종말은 받아들이기 힘들지 모른다. 하지만 우리는 강인하고 적응할 줄 아는 종이다. 우리는 놀라운 변화를 수없이 겪은 존재이다. 우리는 좌식 문화, 농업, 도시 그리고 산업을 거쳤다.

지금은 과거에 일어났던 커다란 변혁만큼이나 중대한 새로운 혁명이 필요한 시대이다. 그것은 바로 식물성 식품으로 전환하는 것이다. 진짜 고기에 얼마나 가까운 것을 원하는지에 따라 ('퀀Quorn' 상표의 제품은 내 입맛에 진짜 닭고기나 다진 고기와 구별되지 않는다) 기술은 이미 존재하거나 상용화 단계에 거의 근접해 있다. 윤리적 전환은 이미 벌어지고 있다. 지금 이 순간에도 로스트비프의 이 나라에 50만 명의 비건이 살고 있다. 이제는 평계와 가짜 뉴스와 가식을 버릴 때이다. 지금이야말로 우리의 후손이 바라볼 그 시선으로 우리 선택의 도덕성을 보아야 할 때이다.

비겐의 식탁

신
소
윤

    2019년을 마무리하던 어느 술자리에서였다. 그때 나는 한
창 비건에 '빠져 있었다'. 모임을 갖기 전 식당 예약을 맡은 선배
가 물었다. "요즘 비건 기사 쓰면서 채식한다고 했지? 그럼 네 메
뉴는 비건으로 준비할까?" 몇 년 전만 해도 기사 마감을 하면 회
사 뒤 연탄구이 집에서 지글지글 익어가는 돼지 목살을 앞에 두
고 자주 만나던 우리였다.

    당시 나는 동물 뉴스를 다루는 팀에서 일하고 있었다. 그해
가을부터 겨울까지 우리 팀은 비건을 주제로 기사를 썼다. 비건

이 주제가 된 데는 크게 두 가지 이유가 있었다. '밀레니얼들이 비건, 비건 하는데 도대체 비건이 뭐지?', '채식만 하면 어렵지 않을까?'와 같은 비건에 대한 막연한 호기심이 첫 번째 이유였다. 두 번째는 우리가 동물 뉴스를 쓰는 사람들이어서였다. 취재를 하러 나가면 웬만한 동물권 활동가들은 유제품, 계란, 꿀 등 모든 동물성 재료를 섭취하지 않는 완전채식 혹은 여러 단계의 채식을 실천하고 있었다. '동물 뉴스를 쓰고 있는데, 동물에 빚지는 일을 조금 줄여보면 어떨까?' 취재하며 늘 마음속에 고여 있던 고민을 실행에 옮겨보기로 했다. 비건 기획을 하며 우리는 직접 비건을 실천해보고, 이미 비건을 하고 있는 활동가, 디자이너, 요리사 등을 만나 인터뷰했다.

다시 2019년의 술자리 이야기로 돌아와, 모임 장소에 가 보니 나와 모 선배 한 명만 비건 메뉴를 신청했다. 내 앞에 앉은 그 선배가 말했다. "요즘 건강 문제 때문에 나도 비건을 시작해보려고." 그는 육류를 먹으면 속이 부대끼고 힘들다고 말했다. 두부 요리와 나물을 씹어 삼키며 선배의 이야기를 듣고 있는데 그가 덧붙였다. "그런데 나는 비건까지는 아니고 비겐 정도인 것 같아." "네?" 무슨 말인고 하니, 중학교 즈음 주문처럼 외우던 동사의 괴거형에 빗댄 농담이었다. 옆에 앉은 또 다른 선배가 어깨를 치며 말했다. "아, 비긴-비겐-비건 중에 비겐 말하는 거지?" 비건 신청자 선배가 웃으며 그렇다고 했다. "하하하, 무슨 그런 아재 개그를 ……" 그때는 너무 썰렁한 농담이라며 웃어넘겼지만, 이후로 그의 말이 가끔 귓전을 맴돌았다.

2019년 가을과 겨울, 의욕에 불타올라 잠시나마 맹렬하게 비건을 실천했던 나는 2020년, 그의 말대로라면 '비겐'쯤으로 내려왔다. 그리고 지금은 비건을 실천했던 그때가 아득할 정도로 거리가 멀어져 있다. 아마도 나는 이 책의 저자들 가운데 고기를 가장 자주 먹는 사람일 것이다. 하지만 2019년의 비건과 2020년의 비겐 사이에서 우왕좌왕해온 가운데 미약한 변화가 있었냐고 묻는다면, 그렇다고 대답할 수 있을 것 같다. 일상의 모든 영역에서 동물에 빚지고 살며 죄책감이든 미안함이든 불안함이든 어떤 감정을 느끼는 지금은 그때와 조금 다르다고 할 수 있지 않을까. 그것이 아주 사소한 변화였더라도 어떤 의미가 있다면 '비거닝'의 강을 함께 건너고 있는 이들과 함께 이야기를 나눠볼 수 있지 않을까. 어쨌거나 용기를 내어 글을 써보기로 한다.

그해 가을의 비건

그해 가을, 나는 자의반 타의반 비건이 되었다. 육식 산업은
그 잔혹함과 지구 환경에 미치는 폐해가 은폐되어 있다. 그런데
취재 중 만나는 이들 가운데는 이 산업의 민낯을 정면으로 바라
볼 줄 아는 이들이 많았다. 김한민 작가는 《아무튼, 비건》에서
"비건은 산업과, 국가와, 영혼 없는 전문가들이 단절시킨 풍부한
관계성을, 어린아이였을 때 누구나 갖고 있던 직관적 연결 고리
를, 시민들이 스스로의 깨우침과 힘으로 회복하는 사회운동"이
라고 썼다. 끊어진 연결성을 회복한 사람들, 그들처럼 우리도 연
결되어보고 싶었다. "다음 기획은 비건으로 하자"던 부장의 제
안은 우리가 쓰는 기사의 독자층(동물권 수호를 목적으로 비건을 실천
하는 이들)을 깊이 이해해보자는 측면이 강했다. 한편 개인적으론
동물을 물건처럼 여기지 말자는 취지의 기사를 매일 같이 써오
면서 느꼈던 갈등을 이번 기회에 해소해보고 싶은 생각도 들었

다. 온전히 나만의 뜻으로 밀고 나간 건 아니었지만, 그렇게 얼렁
뚱땅 비건이 되었다.

먹는 것부터 바꿨다. 음식은 비건을 실천하는 데 있어 가장
많은 비중을 차지한다. 그런데 '바꿨다'는 말보다는 어떤 것 대
신 다른 어떤 것을 늘렸다는 표현이 맞는 것 같다. 고기, 생선, 유
제품 따위를 먹지 않는 대신 그동안 눈여겨보지 않았던 식재료
들의 놀라운 면면을 확인했으니까.

주변의 채식 식당을 알려주는 어플을 깔고, 누군가와 약속
이 있을 때는 가급적 비건 메뉴가 있는 식당에서 만났다. 서울에
서 이름난 비건 레스토랑을 찾아다니기도 했다. 그러면서 다양
한 비건 요리를 맛봤다. 팀원들과 찾은 마포의 어느 식당에서는
우엉으로 국물을 낸 채소국을 맛보고 다 같이 눈이 동그래진 적
이 있었다. 은은하고 잔잔하게 배어나오는 그 맛, 훌훌 국물을 마
시며 국도 이렇게 우아할 수 있다는 것을 처음 알았다. 비트를 요
리해 참치회처럼 내어주는 레스토랑은 또 어떤가. 어느 레스토
랑에서 내어준 캐슈너트로 만든 버터는 또 얼마나 고소했나. 다
양한 비건 요리를 접하기 전에는 대체육, 비건 치즈 등 기존의 육

식 제품을 비건식으로 대체한 것이 어쩐지 가짜 같았고, 맛도 오리지널을 넘어서지 못한다고 생각했다. 그런데 누가, 어떻게, 얼마나 정성을 들여 연구하고 요리하느냐에 따라 다른 얘기가 될 수도 있었다.

그럼 전문 요리사나 식당을 찾아야만 맛있는 비건 식사를 할 수 있는 걸까. 아니다. 오히려 비건 채식 경험의 화룡점정은 평범한 가정에서 만났다. 군산에서 취재차 만난 황윤 다큐멘터리 감독이 내어줬던 비건 샌드위치와 샐러드는 가장 강렬한 경험이었다. 거실에 있는 난로 위에 바게트를 얹어 따뜻하게 데우고 그 위에 쌀가스, 쑥갓, 비트, 버섯 등 평범한 재료를 차곡차곡 쌓아 캐슈너트 소스를 끼얹어 한 입 베어물었던 그 밤, 그때 느꼈던 희열은 여전히 또렷하다. 평범한 재료가 마법처럼 조화를 이루는 경험은 고기를 굽고, 치즈를 씹으며 느꼈던 기쁨과 또 다른 것이었다.

같은 팀 사람들과는 도시락을 싸기 시작했다. 회사 앞 백반집만 가도 반찬에 생선구이, 제육볶음 등이 오르니 우리는 갈 곳이 없었다. 처음엔 계란말이도, 소시지 반찬도 없는 도시락을 어떻게 싸야 하나, 두부, 김, 콩자반으로 돌려 막기 해야 하는 건 아닐지 막막하기만 했지만 우리는 이내 적응했다. 출근길에 슈퍼마켓에 들러 쌈채소를 사오고, 점심을 먹으면서는 다 함께 다음 메뉴를 연구했다. 비건 치즈를 넣은 시금치 페스토를 만들어 나눠 먹고, 콩고기와 건두부 등 그동안 사본 적 없는 비건 식재료를 공동 구매하기도 했다. 그렇게 차린 우리의 식탁은 풍성했다. 비건 마라샹궈, 채식 잡채, 청국장, 각종 샐러드, 파스타 등 국적을 넘나드는 요리가 비건이라는 공통분모로 한 식탁에 올랐다.

미식 탐험을 떠난 것과 동시에 육식의 폐해에 관한 정보도 어느 때보다 많이 얻었다. 거대한 육식 산업은 어마어마한 양의 탄소를 배출한다. 유엔식량농업기구(FAO)는 축산업으로 인한 온실가스 배출량이 지구 전체 온실가스 배출량의 14.5%에 이를 것으로 추정한다. 그린피스는 1960년부터 2011년까지 50년 동안 전 세계에서 전환된 토지 가운데 65%가 축산업을 위한 개간이었다고 밝혔다. 2019년 11월에는 전 세계 153개국 1만 1258명의 과학자가 기후 비상사태를 선언하며 긴급 행동을 촉구했다. 과학자들은 다양한 동식물이 깃든 숲이 베어져 지구의 숨통이

끊기고, 해수면이 상승하고, 해안 도시가 물에 잠기고, 갯벌이 사라지고, 해양 생태계의 먹이사슬이 파괴될 것이라며 우려했다.

비건 채식을 하며 경험한 맛의 세계는 새로웠고, 육식으로 인한 기후 위기는 불안했다. 유엔은 〈안전한 기후〉 보고서에서 "2005년부터 2015년까지 10년 간 기상이변의 직접적 영향을 받은 사람들 가운데 70만 명이 사망하고, 140만 명이 다쳤으며 2300만 명이 집이나 재산을 잃었다"고 보고했다.[01] 해수면이 상승해 해안 도시가 물에 잠기고, 갯벌이 사라지고, 해양 생태계가 무너질 거란 경고는 더 이상 남의 얘기가 아니다. 2020년 여름 우리는 이 조그만 땅덩어리 안에서도 한쪽은 폭우, 한쪽은 폭염이 나타나는 극단적인 기후 현상을 보지 않았는가. 평범한 일상을 영위하던 이들이 산책하러 나갔다 쏟아지는 물폭탄에 어딘가에 갇히기도 하고 죽기도 하는 이상한 세계에 이미 발을 들여버렸다.

취재를 하며 만난 누군가는 진심으로 이런 상황이 걱정되어서, 결혼은 했지만 아이를 낳지 않을 계획이라고 했다. 우리 다음 세대가 발 딛고 살 지구가 이미 지옥불에 닿아버렸는데, 무슨 근거로 아무것도 모르는 아이에게 고통을 전가한단 말이냐는 게 그의 이유였다. 그 얘기를 들으며 세상천지 모르고 해맑기만 한 내 아이의 얼굴이 떠올랐다. 나를 비롯한 우리 모두의 육식을 향한 식탐이 이런 폐해를 유발하는데, 채식하지 않을 이유가 하나도 없어 보였다.

수많은 10초가 모인다면

이렇게 고기를 먹어대다간 지구가 '폭망'할 수도 있는 엄중한 시절이니, 누군가 내게 물을 수 있을 것이다. "그래서, 계속 비건하세요?" 이 글의 앞부분에서 말했듯, 아니다. 나는 실패한 비건이다. 하지만 짧은 시간이나마 비건을 열정적으로 경험했다는 것 자체만으로 이것은 완벽한 실패가 아니기도 하다. 벼락치기 하듯 '집중 단기 비건'이었던 나는 당시의 일상을 종종 돌이켜볼 때가 있다. 고기를 씹으며, 햄치즈 샌드위치를 먹으며, 갈등과 후회와 어떤 염원을 반복하며, 이를테면 이렇게.

"선언하지 마세요." 비건이 되기로 '작정'한 뒤 만난 여러 비건 취재원들이 말했다. 일상적으로 동물의 희생에 기대어 살다가 그러지 않기로 했다는 것은 일대 변화이건만 왜 말하지 말라고 하는 걸까. 실제로 비건을 실천하면서 먹고, 입고, 쓰는 일상이 다시 보이기 시작했다. 내가 쓰는 화장품, 목욕 용품 따위가 동물 실험을 한 제품인지 아닌지 확인해야 했고, 음식은 당연히 동물성 재료가 든 것은 피해야 했다. 생각보다 많은 공산품이 동물의 희생을 바탕으로 생산되고, 상상치도 못한 음식에 동물성 재료가 들어 있다. 이를테면 김치는 언뜻 채식 같지만 소금에 절인 새우와 멸치 등 젓갈이 들어간다. 젤리에는 돼지와 소를 도축해 고기를 도려낸 뒤 남은 인대, 힘줄 등에서 추출한 젤라틴이 들어 있다. 의외의 지점에서 동물이 소모되었다는 사실이 놀랍기도, 새롭기도 했지만 한편으로 나는 점점 엄격해졌다. 어떤 순간에는 누가 감시하는 것도 아닌데 스스로 잣대를 들이밀기도 했다.

　비건을 시작하면서 가족에게는 이런 취재를 한다는 얘기만 했다. 남편이 "그럼 우리 언제부터 고기 못 먹는 거야?"라고 물어왔지만, 꼭 같이 해주길 원하는 건 아니라고 말했다. 하지만 나의 말과 행동은 점점 어긋나기 시작했다. 집에서 냉장고를 채우고 식사를 준비하는 역할을 맡은 나는, 점점 육식의 비중을 줄이기 시작했다. 우유 대신 아몬드나 귀리 밀크를 사고, 고기 대신 비욘 드 미트를 사고, 너무 좋아서 늘 냉장고에 비축해두던 만두 또 한 비건 만두로 대체했다.

그때의 나는 뭐랄까, 처음 연애하는 이의 태도와 비슷했다. 한번은 동네 김밥집에서 김밥을 포장하려다 이런 적이 있다. "사 장님, 햄은 빼주세요." 사장님이 "왜요?"라고 물었다. "아, 요즘 고기를 안 먹고 있어서요"라고 답했다. 그랬더니 "계란은요?"라 고 되묻는다. "그럼, 그것도." "맛살이랑 어묵은 어쩌죠?" "아, 맛 살이랑 어묵도 있었네요." "멸치볶음이 반찬으로 같이 나가는데 이것도 빼요?" 단무지와 오이, 당근만 남은 김밥을 앞에 두고 사 장님과 나는 어이가 없어서 웃음을 터트렸다. 물론 그것으로도 충분했지만, 그날 헐렁해진 김밥을 보며 생각했다. 우리는 아직 '진짜 채소김밥'을 먹는 게 아니라 '채소김밥이 있는 세상', 즉 육 식을 마이너스할 때 대신 플러스할 무엇이 없는 세상에 살고 있 다는 걸.

그럼에도 불구하고 나는 밑도 끝도 없이 이 특별한 세계에

비건의 식탁

그 김 참 치 멸 불 제 모
냥 치 치 즈 치 곡 육 듬
김 김 김 김 김 김 김 김
밥 밥 밥 밥 밥 밥 밥 밥

매료되고, 선언하고, '비건적'이 아닌 어떤 행동을 할 때 스스로 불편해하고 부대꼈다. 자신에게도 이럴진대 타인에게는 어땠을까. 오래 비건을 실천해온 취재원들이 선언하지 말라고 조언한 이유를, 나를 옥죄다 이해했다. 비건이 아닌 타인의 행위를 부정하고, 어떤 잣대를 들이대려는 순간 비건에 대한 대중적 인식이 나빠진다는 설명도 무슨 뜻인지 알게 되었다. 이걸 특별한 변화라고 생각하지 않고 일상으로, 몸과 마음과 머리에 배게 하는 단계에 도달하기 전에 나는 그만 펑크 난 타이어처럼 퍼져버리고 말았다.

하지만 앞서 이야기했듯, 이 경험을 실패로만 단정 짓긴 어렵다. 짧고 강렬했던 경험은 내 인생의 방향을 살짝 틀었다. 그때 기사를 쓰며 나는 〈비거니즘 일기〉라는 칼럼에 이런 말을 썼다. "알면, 알기 전으로 돌아갈 수 없다." 알기 전으로 돌아갈 수 없는 나는, 다시 고기를 먹지만 조금은 주저하게 되었고, 먹는 것부터 입고 쓰는 것까지 동물의 희생을 대체할 것이 있으면 비건을 선택하는 비중이 훨씬 커졌다. 야식으로, 주말에 밥하기 귀찮으면, 영화 보면서 입이 즐거울 것을 찾는다는 이유로 심심하면 시키던 치킨은 우리 집에서 사라진 지 오래다. 식재료를 다듬다 물컹하는 고기의 느낌에 돼지나 소의 눈빛을 상상하는 순간이, 아무렇지 않을 때보다 많아졌다. 매끄러운 가죽의 질감과 특유의 냄새가 더 이상 좋지만은 않다.

아무도 모르게, 가끔은 나조차도 모르게 어떤 선택지 앞에서 '10초 비건'이 된 지금, 마음이 편치만은 않다. 더 단호하게, 그리고 그때처럼 열정적으로 비건을 실천하지 못하는 게 아쉽다. 하지만 한편으론 더 과거의 내가 '10초 비건'이기라도 했다면 어땠을까 생각하기도 한다. 이 글을 읽는 독자 가운데도 나와 비슷한 마음 혹은 비슷한 상태인 사람들이 있을 것 같다. 어떤 취재원은 더 이상 개인의 실천으로는 가속화한 기후 위기를 극복하기 어렵다고 했지만, 수많은 10초의 고민이 모여 하나의 경향을 만들면 정책적·국가적·세계적 움직임에도 더 속도가 붙으리라 기대한다. 복잡한 마음은 일단 누르고 "완벽하지 않아도 괜찮다"는 어떤 비건의 응원을 지렛대 삼아 몸에 좋고, 맛있고, 지구가 병드는 속도를 늦추기 위한 실천의 시간을 늘려나가야겠다.

김성한

박규리

이의철

조한진희

강하라

다르게 하고 싶다면

괜히 그 책을 번역해서

김
성
한

    채식에 관한 글을 쓰려고 책상 앞에 앉아 과거를 회상해보니 문득 어린 시절 우리 집에서 키우던('함께 살던'이 아닌) 개 베니가 떠오른다. 당시 집에서 키우는 개들은 오늘날과는 비교할 수 없을 정도로 열악한 환경 속에서 생활했다. 강아지가 아닌 이상 집 안에서 사는 것은 물론 한 발자국이라도 실내로 들어오는 것은 허용되지 않았고, 개들 또한 이를 잘 숙지하고 있는 듯했다. 오늘날의 기준으로 보았을 때, 베니는 그다지 행복한 삶을 살아가지 못했다. 베니는 나무로 만들어진 작은 개집에 묶인 채 실외에서 평생을 살았고, 나는 산책을 시켜주는 것은 물론 놀아준 기억도 별로 없다. 내 기억 속에 베니와 놀아준 것이라고는 외출을 하거나 귀가할 때 잠시 쓰다듬어준 정도에 불과하다.

내 기억 속에 아직도 유난히 선명한 베니의 모습은 우리 가족이 마루에서 아침 식사를 할 때 빼꼼히 열어놓은, 실내외를 가르는 커다란 창밖에 앉아 우리가 먹을거리를 던져주기를 기다리던 모습이다. 이때에도 베니는 아무리 음식을 먹고 싶어도 실내에 들어오지 않고 밖에서 천수답이 되어 우리가 먹을거리를 던져주길 기다렸고, 이를 받아먹으면서 그렇게 행복한 표정을 지을 수가 없었다.

현재의 기준에서 보자면 베니에 대한 우리 가족의 태도는 결코 사랑이라 말할 수 없을 것이다. 그럼에도 베니가 목에 가시가 걸려 힘들어하는 모습을 보고 어머니가 직접 입안에 손을 넣어 가시를 빼준 것을 포함해 이런저런 기억들을 떠올려보면 우리 가족은 정말 베니를 사랑한다고 생각했으며, 분명 가족의 일원이라고 여겼던 것 같다. 이는 베니가 세상을 뜬 다음 날 아침 식사 시간에 확연히 느낄 수 있었는데, 녀석이 보이지 않자 내가 보는 데에서 눈물을 보이신 적이 한 번도 없었던 아버지는 슬그머니 수저를 놓고 눈물을 글썽이셨다. 나는 대성통곡을 하며 그날 이후 조금만 슬픈 음악이 들려도 베니 생각이 나서 한동안 아픔이 느껴지는 음악을 멀리했다. 우리 가족은 그때 베니를 잃은 아픔이 너무 커서 그 이후 다시는 개를 키우지 않았다.

내가 굳이 과거에 키우던 베니 이야기를 하는 이유는 어떤 관행이 일상화되어 있으면 이를 벗어나 생각하기가 힘들고, 줄곧 잘못을 범하고 있어도 이를 의식하지 못할 수 있다는 이야기를 하기 위해서다. 우리 가족이 개를 키우는 모습은 그 당시 개를 키우는 가정의 일상적인 모습이었다. 물론 베니가 추울 것 같아 담요를 준비해주긴 했어도 그 이상의 방식으로 베니를 대하려는 생각은 하지 못했다. 당시에는 그 누구도 이렇게 반려견을 키우는 것에 대해 문제를 제기하지 않았는데, 만약 우리 가족이 현재 실내에서 개와 함께 사는 사람들처럼 개를 대했다면 오히려 그야말로 많은 사람들이 이상하게 여겼을 것이다.

이처럼 어떤 관행이 사회에 널리 퍼져 있을 때, 우리는 그러한 관행을 뒤집어 볼 생각을 하기가 좀처럼 힘들다. 심지어 그렇

랜히 그 책을 번역해서

게 할 경우에는 뭔가 도덕적인 잘못을 범한다는 생각이 들기도 한다. 아마도 제사를 지내는 사람들이 제사를 지내지 말아야 한다는 이야기를 들으면 그렇게 생각할 것이다. 이처럼 기존의 관행을 거부하면서 다른 관행을 채택하라고 요구할 때, 적지 않은 저항에 부딪히게 된다. 특히 그러한 관행이 많은 사람들의 말초적 욕구를 충족시켜 주었는데, 이를 잘못이라고 할 경우에는 더욱 그러할 것이다. 육식을 일상적으로 하고 살아가는 대부분의 사람들에게 육식이 문제가 있는 관행이며, 이에 따라 채식으로 전환해야 한다고 제안할 때는 바로 이와 같은 저항을 받게 될 것이다. 앞에서 잠시 언급한 바와 같이 육식은 우리 혀에 상당한 만족을 주기 때문에 육식을 재고해보라는 요구는 논리적 측면에서 좀처럼 받아들여지지 않으며, 설령 받아들여진다고 해도 많은 사람들이 고기를 즐기기 때문에 채식으로 이행되는 데에는 커다란 어려움이 따른다.

치킨 뜯다가 멘붕 온 이야기

적지 않은 시간을 살면서 채식을 해보겠다는 생각을 해본 적이 없던 나는, 뜻하지 않게 피터 싱어의 주저《동물해방Animal Liberation》을 맡아 번역하게 되었다. 여기서 '뜻하지 않게'라는 표현을 쓴 것은 내가 채식을 확산시키겠다거나 가축들이 살아가는 실태를 고발해야 한다는 생각 때문에 책을 번역한 것이 아니라, 싱어의 다른 책을 번역하려다 이왕이면 그의 주저까지도 번역해보라는 친구의 권유로 별다른 생각 없이 번역을 하게 되었기 때문이다.《동물해방》과의 만남은 한편으로는 나에게 불행(?)의 시작이었다. 번역 작업을 하기 전까지 나는 "동물을 먹어서 해방시킨다"는 주변 사람들의 핀잔을 흔히 들었고, 실제로 고기가 없으면 식사를 안 할 만큼 육식을 즐겼다.《동물해방》의 번역은 이처럼 맹렬한 육식주의자인 나를 혼란에 빠뜨렸고, 그럼에도 맛있다는 이유로 나는 싱어의 논리를 애써 외면하며 육식을 포기하지 않았다.

그러던 어느 날, 수업을 마치고 저녁으로 무엇을 먹을까 고민하다가 문득 치킨이 먹고 싶다는 생각이 들어 치킨 집에 들어

괜히 그 책을 번역해서

갔다. 한참 치킨을 뜯고 있는데, 누군가가 멀리서 다가와 내게 불쑥 인사를 했다. 동물의 도덕적 지위에 대한 내 수업을 듣고 있는 학생이었다. 인사를 받는 둥 마는 둥 하고서 치킨을 계속 먹었지만 나는 더 이상 맛을 느끼지 못했다. 특히 창피하다는 생각과 스스로에 대한 변명이 교차하면서 결국 멘붕이 왔다. 그런 상태로 집에 돌아가서도 한참을 생각에 잠겨 있다가 마침내 나는 채식을, 그것도 완전채식을 해보기로 결심했다.

하지만 인간의 가장 기본적인 욕구를 외면하는 일이 어찌 간단할 수 있으랴? 완전채식은 뜻대로 되지 않았다. 일차적으로 내 의지의 굳건하지 못함이 문제였다. 나는 고기 냄새를 맡거나 고기가 반찬으로 나오면 여전히 유혹을 피하지 못하기 일쑤였고, 급기야 이런저런 자기 정당화를 하면서 처음의 각오가 조금씩 무너져 내리기 시작했다. 자기 정당화 논리는 크게 두 가지였다. 첫 번째는 완전채식이 현실적으로 가능하지 않다는 것이었다. 완전채식을 하기로 결정한 후 나는 식당에 갈 때마다 반찬과 국에 들어간 것이 무엇인지를 일일이 따져 봤는데, 아쉽게도 식당 음식에는 고기 성분이 포함되지 않는 경우가 거의 없었다.

두 번째는 완전채식을 하고자 할 경우 주변 사람들이 불편을 느낀다는 것이었다. 상대를 불편하게 할 의도는 없었지만, 음식 성분에 대해 내가 던지는 말 몇 마디가 상대를 힘들게 하고 있음을 눈빛을 통해 파악할 수 있었다. 결국 처음의 굳은 맹세는 어디로 가고, 나는 고기를 먹고 싶은 욕망을 정당화해줄 논리를 찾고 있는 나 자신을 발견하는 경우가 많아짐을 의식하게 되었다. 자연스럽게 고기를 먹는 경우도 점점 늘어갔다. 공연히 《동물해방》을 번역해 쓸데없는 골칫거리를 평생 안고 가야 한다는 생각에 왜 그리 짜증이 밀려오던지…….

공리주의와 덜 철저한 채식

그렇게 흐지부지해져 가던 어느 날, 정확히 기억은 나지 않지만 동물의 도덕적 지위에 대한 수업을 하고 집에 돌아와 새삼 채식을 해야 하는 논리를 곰곰이 되짚어보았다. 재차 확인해봐도 동물 해방의 논리는 부정하고 싶어도 부정할 수 없을 정도로 치밀했다. 채식 옹호를 위한 싱어의 논리 전개는 특정 주제에 대한 도덕 판단의 전형적인 형식을 갖추고 있었다. 먼저 그는 공리주의 원리에 입각해 동물들에게 도덕적 지위가 부여됨을 이야기하고 있었는데, 윤리학을 전공하는 입장에서 보았을 때 공리주의를 도덕 판단의 기준으로 삼는 것은 전혀 잘못일 수가 없었다. 공리주의에 약점이 없는 것은 아니다. 하지만 장단점을 두루 지닌 여러 윤리 이론들 중에 공리주의는 윤리학자들로부터 가장 긍정적인 평가를 받는 이론 중 하나이며, 따라서 이를 기준으로 도덕 판단을 내린다는 것은 하등 문제될 것이 없었다.

다음으로 공리주의의 입장에서는 사실에 대한 정보가 중요한데, 싱어가 자신의 책에서 제시하는 사실들로 미루어 보자면 사람들이 즐겨 먹는 동물들은 태어나서부터 식탁에 오르기까지 단 하루도 괴로움을 겪지 않는 날이 없다고 해도 과언이 아닐 정도로 비참한 삶을 살아간다. 그리고 이 세상의 고통을 없애고 행복을 증진하라는 공리주의의 기준으로 판단하자면 가축들이 살아가는 현실은 우리에게 그들의 고통에 관심을 둘 것을 요청하고 있었다.

싱어는 현실을 고발하는 데에서 한 걸음 더 나아가 동물해

괜히 그 책을 번역해서

방론자들의 입장에 대한 의문과 비판에 일일이 대응하면서 적절한 반론을 제기했다. 또한 그는 채식이 인간 사회가 겪고 있는 여러 문제들, 가령 기아와 환경 등의 문제를 해결하는 방안이 될 수 있을 뿐만 아니라 건강에 도움이 되기도 한다는 주장을 뒷받침하는 과학적 자료들까지 상세하게 제시했는데, 나는 아무리 애를 써도 채식의 윤리적 정당성을 반박할 수 없었다.

결국 문제는 고기를 먹고자 하는 나의 욕구였다. 나는 이러한 욕구를 거부하고 싶지 않았고, 채식을 하려는 의욕이 많이 꺾인 이후의 여느 때와 별반 다르지 않게 내가 굳이 이와 같은 욕구를 누릴 자유를 통제하면서 살 필요가 있는지 투덜대며 문제를 대충 덮어두려는 순간, 문득 칸트가 말하는 자유의 의미가 떠올랐다. 칸트가 말하는 진정한 자유란 우리가 원초적 욕망에 휩쓸리는 것이 아니라 거꾸로 욕망을 극복하면서 도덕 법칙에 따르는 것을 말하는데, 이러한 기준에서 진정한 자유를 누리고자 한다면 나는 고기를 먹지 않고 오히려 채식을 해야 한다. 채식은 한마디로 도덕적인 정당성을 갖는 행동이기 때문이다. 사실 이는 새로울 것이 없었다. 하지만 그날은 왠지 칸트적 의미의 자유가 새삼스럽게 의미를 가지고 다가왔고, 나는 마음을 고쳐먹을 수 있었다.

그런데 이처럼 계기가 마련되었음에도 여전히 남아 있는 문제는 완전채식에 대한 부담이었다. 얼마 되지 않는 시간 동안의 완전채식 생활의 경험으로 미루어 보았을 때, 너무 완전함을 추구하다가 지쳐 포기하지 말라는 법이 없었다. 채식을 하기 전까지 의식하지 못했던 우리나라의 식생활을 고려해보면, 도시락을 싸 가지고 다니지 않는 이상 완전채식을 이상에 가깝게 실천하는 것은 매우 어려워 보였다. 한동안 고민을 하다가 내 스스로에게 내놓은 타협안은, 나중에 완전채식으로 전환한다고 해도 당장은 어류까지를 먹는 페스코 채식을 해보자는 것이었다.

그날 이후 나는 함께 식사하는 사람들에게 별다른 불편함을 야기하지 않고, 훨씬 편안한 마음으로 식사를 할 수 있게 되었다. 가령 백반을 먹으러 식당에 들어갔을 때에도 특별히 음식을 가리지 않고 식사할 수 있게 되었고, 함께 식사하러 온 사람들에게도 까탈스러운 모습을 보이지 않을 수 있게 되었으며, 그들 또한 별다른 불편 없이 나에게 함께 식사하러 가자는 제안을 할 수 있게 되었다. 물론 완전채식이 이상임을 감안하면 개인적으로 나의 식사가 완전히 만족스러운 것은 아니었다. 그럼에도 다소 강박적인 입장에서 벗어나 비교적 편안한 마음으로 식사를 하게 되었기 때문인지 그날 이후 나는 적지 않은 시간 동안을 페스코 채식주의자로 살아왔다.

이처럼 바뀐 전략의 상대적 수월성을 의식한 뒤, 나는 수업 시간에 학생들에게 완전채식이 어렵다면 고기를 줄이거나 다양한 채식 스펙트럼 중에서 한 가지 입장을 선택해 채식을 해보라고 권한다. 대다수의 학생들은 채식을 하면 포기해야 할 것이 너무 많다는 이유로 부담을 느끼는 편인데, 결코 그렇지 않음을 현실에서의 식단을 통해 알려준다. 학생들은 고기를 먹지 않을 경우 엄청나게 많은 양의 채소들을 맛과 상관없이 입에 쑤셔 넣어야 한다고 생각하는데, 결코 그렇지 않다. 내가 즐겨 먹는 백반 정식을 예로 들자면, 최근에는 고기 값이 비싸져서인지 고기가 반찬으로 나오는 경우는 거의 없다. 반찬으로 주로 나오는 것은 다양한 유형의 김치들과 나물들, 콩, 오뎅, 그리고 찌개 정도다. 여기에 추가되는 것이 있다면 계란말이나 멸치 정도인데, 페스코 채식주의자의 입장에서 이 중 피해야 할 반찬은 아무것도 없다. 일상적인 식사를 하는 데에는 아무런 문제가 없는 것이다. 내가 선택해선 안 된다고 생각하는 음식들은 소, 돼지, 닭고기 등인데, 이들은 내가 일부러 치킨 집이나 고기 집을 가지 않기만 하면 얼마든지 피할 수 있다. 이처럼 언뜻 드는 느낌과는 달리, 페스코 채식을 선택하면 우리는 많은 것을 포기하지 않으면서도 얼마든지 어느 정도 채식을 할 수 있다. 누구나 쉽게 접근할 수 있는 최소한의 채식인 것이다.

그럼에도 중도적인 입장은 흔히 양극단에 놓인 사람들의 비판을 받는다. 페스코 채식 또한 그 불완전성 때문에 육식가들과 완전채식주의자들로부터 협공을 받을 수 있다. 그리하여 완전채식주의자들은 내 이야기를 그저 자기변명에 불과하다고 생각할 것이다. 나는 이와 같은 비판을 하는 사람들이 그르다고 생각하지 않는다. 다만 스펙트럼 위에서 본다면 완전채식은 옳음 중에서도 '더' 옳은 것에 해당하고, 페스코 채식은 상대적으로 '덜' 옳은 것일 뿐 이것이 잘못은 아니라고 생각할 따름이다.

나는 완전채식을 하면서 그보다 덜 철저한 채식을 하는 사

괜히 그 책을 번역해서

람들을 불편한 눈으로 바라보는 사람들이 좀 더 부드러운 시각을 갖길 바란다. 이는 단지 이해 차원에서의 부탁만이 아니다. 평범한 사람인 내 경우에서 확인할 수 있었던 바와 같이, 이상적으로 살아가는 것에 많은 어려움이 따른다면, 그래서 이를 포기하는 사람들이 많다면, 설령 이상에 가깝지 않더라도, 그래서 다소 불완전하더라도 사람들이 비교적 어렵지 않게 선택할 수 있는 실천을 요구하는 것이 더욱 많은 것을 이룰 수 있는 방법이 아닌가 생각해본다. 다시 말해 부족한 점이 있더라도 오히려 그런 점 때문에 어떤 실천을 더 많은 사람들이 채택할 수 있고, 그로 인해 동물들의 삶이 개선될 수 있다면 그러한 실천을 마냥 불편하게만 판단할 일은 아닐 것이다.

고기는 여전히 유혹이라서

마지막으로 극도로 열악한 환경에서 살아가는 동물들을 위해 무엇을 할 수 있는지 생각해보면서 글을 마무리하려 한다. 내 강의를 듣고 채식이 필요하다고 생각하는 학생들이 품는 몇 가지 의문 중 하나는, 우리가 어떤 실천을 해야 이른바 가축들의 삶이 개선될 수 있는가라는 것이다. 이러한 질문에 대해 나는 말할 것도 없이 채식이 최소한의 실천 방안이 될 수 있다고 말해준다. 앞에서 언급했듯이 요 몇 해 사이 채식을 권하는 나의 태도는 많이 달라졌는데, 이는 (평범한 사람으로서) 나의 개인적 경험에 기인한다. 그리하여 완전채식이 힘들다면 그보다 덜 완전한 형태의 채식을 해보고, 이것도 힘들면 일주일에 하루 이틀 정도 날을 정해, 예컨대 고기 없는 월요일, 고기 없는 아침 등을 실행해보는 것도 좋을 것이라고 귀띔해준다. 한마디로, 최소한의 실천이라도 하는 것이 안 하는 것보다 훨씬 낫다는 말이다. 하지만 안타깝게도 이것마저 어려운지 지금껏 관련 수업을 들었던 적지 않은 학생들 중에 채식을 하고 있다는 소식을 들려주는 학생은 손가락으로 셀 정도로 희귀하다.

흥미로운 것은, 그들 중에 채식이 도덕적으로 정당하다는 것을 전면적으로 부정하면서 육식을 고수하는 경우는 내가 아는 한 없었다는 점이다. 이상하게 들릴지는 몰라도 나는 학생들이 어떤 정합적이고 정당한 논리를 통해 내가 육식을 할 수 있도

괜히 그 책을 번역해서

록 도움을 주면 좋겠다. 이렇게 이야기하는 이유는, 많은 채식주의자와 달리 나는 동물들의 고통에 분명 공감을 하면서도 고기를 여전히 유혹이라 느끼기 때문이다. 내가 어떻게든 육식을 피하려는 이유는 단순하다. 육식이 역겨워서도 아니고, 건강에 해가 되어서도 아니며, 단지 그것이 옳기 때문이다. 그만큼 내게 동물해방의 논리는 설득력이 있으며, 이는 아마 학생들에게도 마찬가지일 것이다. 나는 혀의 만족 등 여러 방해 요인을 거슬러 어떤 방식으로든 채식을 하려는 태도를 견지하는 것이 결코 작지 않은, 자기 극복의 발로로서 실천이라고 생각한다.

만약 이와 같은 실천을 할 수 있게 되었다면, 다음 단계로 해볼 수 있는 작은 실천은 주변 사람들에게 채식의 필요성을 알리는 것이다. 내 경험으로 미루어 봤을 때, 이는 생각보다 쉽지 않다. 무엇보다도 적지 않은 경우 상대는 육식이라는 관행 속에서 이를 즐기며 살아가는 사람이며, 이에 따라 그는 채식을 권유하는 이야기를 들을 채비가 되지 않은 사람인 경우가 흔하기 때문이다. 이러한 사람에게 채식을 이야기할 경우 그는 채식을 하는 사람이 배가 불러서 그런 '짓'을 하는 거라는 식으로 비아냥거리기까지 한다.

이처럼 상대가 귀를 기울일 자세가 되어 있지 않다는 어려움 못지않은 또 다른 어려움은 채식 정당화 논리가 몇 마디로 상대를 설득할 수 없고, 비교적 오랜 시간 동안 이런저런 이야기를 체계적으로 해나가야 비로소 어느 정도 설득이 가능해진다는 것이다. 그런데 안타깝게도 일상의 대화에서는 좀처럼 이와 같은 기회가 주어지지 않는다. 한두 가지 문제를 가지고 논의를 풀어나가려 보면 지엽적인 논의에서 상대가 양보하지 않으려 하기 때문에 전체적인 이야기를 하기가 어렵고, 결국은 상대를 설득하지 못한 채 평행선을 확인하는 데에 그치는 경우가 허다하다.

사실 채식의 도덕적 정당성에 대한 논의는 종합적으로 옳고 그름을 판단해야 하지 지엽적인 논의만으로 정당성을 판단하는 것은 섣부른 일인데, 일반적인 대화에서는 아량을 가지고 시간을 할애해 채식주의자의 의견을 들어주는 상대란 거의 없다. 이와 같은 이유로 나 역시 수업 또는 강연에서나 채식을 이야기할 수 있지 일상 대화에서 충분할 정도로 채식의 정당성을 이

괜히 그 책을 번역해서

야기한 경우는 거의 없다고 해도 과언이 아니다. 일상적인 대화를 하면서, 그것도 상대가 궁금해하지 않는 상황에서 채식을 이야기하는 것은 참으로 어렵다.

나는 그 대안으로 SNS를 적극적으로 활용해보길 조심스레 권해본다. 내가 염두에 두는 SNS 이용 방법은 크게 두 가지다. 하나는 카드 뉴스 형식으로 자신의 의견을 정리해 차근차근 제시해보는 것과, 다른 하나는 SNS에서 뜻이 맞는 사람들끼리 연대를 결성해보는 것이다. 특히 후자는 현재의 우리 사회와 같은 상황에서 중요하다. 이러한 연대를 통해 많은 사람들이 한목소리를 내면 제도적인 차원에서 변화를 불러일으킬 수 있고, 이는 직접적으로 동물의 복지에 기여하는 계기가 될 수 있다. 개인으로 볼 때는 아주 작은 일일지 모르지만, 작은 물방울이 모여 하천이 되고 바다가 되듯이, 작은 노력들이 모여 윤리적인 이유로 채식을 하는 사람들이 원하는 목표가 달성될 수 있을지 모른다.

물론 이는 하루아침에 이루어질 수 있는 일은 아니고, 실제로 소기의 목적을 달성할 수 있는지 지금으로선 알 수가 없다. 그럼에도 이즈음에서 내가 힘이 빠질 때마다 떠올리는 시지프스의 신화를 언급하고 싶다. 시지프스는 언덕 위로 굴려 올리는 돌이 원위치로 돌아갈 것을 알고 있음에도 돌을 언덕 위로 굴려 올리는 일을 영겁의 세월 동안 반복하고 있다. 만약 어떤 것이 옳다면 설령 우리의 실천으로 변하는 것이 없을지라도 우리는 이를 행동으로 옮기기 위해 노력해야 한다. 이런 자세로 꾸준히 노력을 하다 보면 그래도 무엇인가 바뀌지 않을까? 비록 움직임이 감지되지 않지만 엄청나게 많이 움직여왔던 시계 침처럼 말이다. 《동물해방》을 처음 번역할 당시와 지금 동물의 도덕적 지위를 비교해보면 분명 많은 것들이 변했는데, 이로 미루어 볼 때 많은 사람들이 합심해 노력한다면 윤리적 채식을 하는 사람들의 소망이 이루어지는 시간이 더욱 앞당겨질 수 있을 것이다.

3분의 1 채식,
누워서 식은 죽 먹기

박
규
리

불과 10년도 채 안 되어 강산이 변했다. 질 좋은 쇠고기를
다져 만든 수제 버거가 영국의 앞서가는 젊은이들이 찾는 메뉴
였던 적이 엊그제였는데. 소고기 타령이 무색하게, 이제는 영국
에 채식 바람이 무척 뜨겁다. 몇 년 만에 유행이 정반대 방향으
로 선회하는 게 우습기도 하다. 1월이 되면 채식을 실천하는 비
거뉴어리Veganuary('vegan'과 'January'를 합친 말로 채식 장려 운동 중 하
나)가 대중적인 유행 코드로 자리 잡았고, 식당들은 저마다 새롭
고 혁신적인 채식 메뉴 개발에 열을 올리며, 채식주의자가 아니

어도 자연스럽게 새로운 채식 메뉴를 주문하는 분위기이다. 3년 전 런던 소호에서 찾아간 채식 식당이 힙스터들로 꽉 차서 예약조차 받을 수 없던 게 신선한 충격이었는데, 그 이래로 슈퍼에서는 더욱 많은 육류 대체 식품들이 눈에 띈다. 슈퍼나 일간지에서 발간된 잡지에는 새로운 채식 메뉴가 줄기차게 소개된다. 얼마 전 시내에 새로 생긴 '도플갱어'라는 재미난 이름의 비건 버거 집이 만석이라 발길을 돌려야 하는 것도 변함이 없다.

이번 채식 바람은 스쳐 지나가기보다는 해가 갈수록 하나의 엄연한 흐름으로 확실히 자리를 잡는 추세이다. 2018년 영국 정부 조사에 따르면 인구의 1%가 '완전채식vegan', 7%가 '채식vegetarian'이라고 답했고, 14%는 때때로 육식을 하지만 대부분 채식 지향인 '회색 채식인flexitarian'이라고 답했다.[01] 영국 인구 중 2019년 현재 약 60만 명이 비건이라는 통계도 있다. 이는 2014년의 4배로, 가파르게 늘어가는 추세이다.[02]

이런 트렌드에 화답해 점점 더 고기와 놀랄 만큼 비슷한 맛과 육질을 재현하고 있는 대체육류 시장은 매년 8%씩 성장 중이다. 새로 출시되는 식품의 16%가 '완전채식' 인증을 붙이고 나오며, 메뉴 중에 비건 메뉴를 포함한 식당은 55%나 된다. 가게마다 입간판 문구로 흔히 "국민 비건 소시지롤Nation's favourite: Vegan Sausage roll", "100% 식물성 비스킷100% plant-based biscuit" 등을 내걸고 있는데, 이처럼 광고 열에 아홉은 비건 얘기다. 심지어 정통 소고기를 내세우는 수제 버거 집에도 꼭 식물성 버거 종류, 예를 들어 콩이나 비트루트 같은 식물성 단백질로 만든 패티를 사용했거나, 패티 대신 커다란 구운 버섯을 넣은 버거가 메뉴에 늘 포함되어 있다. 이런 변화는 축산 소비에도 눈에 띄는 변화를 가져와, 실질적인 위협을 느끼는 축산 농가들이 정신적 스트레스와 생계의 어려움을 호소하는 시위에 나서기 시작했다. 몇년 전만 해도 괴짜 취급을 받던 영국의 채식주의자들조차 이런 변화에 어리둥절해할 정도로 채식 문화는 이제 몇몇 힙스터들의 문화를 넘어 어디서나 즐길 수 있는 문화가 된 것처럼 느껴진다.

고기와 유제품을 바탕으로 발달한 서양 식문화에서 벌어지는 이런 변화는, 야채를 다양하게 활용하는 동양에서 온 내 눈에 어떨 때는 기특하고 어떨 때는 어색하고 안쓰럽게 느껴진다. 버거라면 응당 육즙이 뚝뚝 떨어지는 맛에 먹어야 할 터인데, 빵

사이에 커다란 버섯을 끼우고, 코코넛유로 비슷하게 만든 치즈를 올려 버거 느낌을 내려 하다니 억지스럽기 짝이 없다. 그럼에도 열심히 비건을 실천하는 친구들은 버섯 버거도 나름 먹을 만하단다. 쯧쯧. 시금치나물이나 콩나물무침, 구운 김, 묵밥, 막국수, 깻잎장아찌, 호박전, 두부조림, 열무 비빔밥, 콩국수, 강된장 등등 애초부터 야채만으로도 훌륭하게 맛을 낸 셀 수 없이 많은 우리나라 음식을 생각하면 비교가 더 확실해진다.

고기를 무언가로 대체하는 서양식 채식의 한계를 눈치챈 서양인들이 이제는 현란하게 야채를 다룰 줄 아는 동양의 음식 문화로 시야를 넓히고 있다. 예컨대 동양에서 오랫동안 우수한 단백질 공급원으로 친숙한 두부가 훌륭한 대안 식품으로 각광받으면서 서양의 동네 슈퍼에서도 한두 가지 브랜드는 꼭 찾을 수 있게 되었고, 인도네시아의 메주와 비슷한 '뗌뻬'를 직접 만들어 파는 가게까지 생겼다. 우리나라의 김치나 비빔밥도 야채를 다양하고 맛있게 활용하는 방법으로 떠오르고 있다. 이제는 집에서 김치 한 번씩은 담가줘야 제법 앞서 나가는 축에 낀다. "우리 엄마표 김치 담그는 법 알려줄까?" 하고 집에 초대하면 눈을 반

짝이며 반가워하는 친구들이라니.

왜 채식일까?

유럽 사람들이 이 정도로 변하고 있다는 게 신기하다. 근데
왜 지금 이렇게 채식 바람이 불까? 채식은 동물 복지 문제, 건강,
환경 문제 등 우리 삶 전반의 여러 문제와 촘촘히 맞물려 있다.
특히 최근 유럽의 채식 유행은 기후변화의 심각성을 실감하는
서양인들이 행동을 통해 변화를 추구하면서 벌어진 일이다. 축
산업이 지구 전체 탄소 배출의 약 14.5%를 차지한다는 사실이
기후변화의 큰 요인으로 공론화되고, 이제는 말 그대로 피부로
느껴지기 때문이다.[03] 소와 돼지, 닭을 키우면서 배출한 탄소의
양이 전 세계 자동차와 기차, 항공 산업의 배출량을 다 합친 것
보다 많다는 사실은 놀랍다.

문제의 핵심은 소와 돼지, 닭, 양 같은 식용 가축을 먹이기
위해 키우는 콩과 옥수수 등 농작물 재배에 들어가는 화석연료,
그리고 이들 사료 작물을 키우기 위해 태워 없애는 숲에서 비롯

된다. 전 세계에서 키우는 작물의 77%가 가축을 먹이는 데 쓰이지만,[04] 육류와 계란, 유제품은 전체 인간이 소비하는 칼로리의 18%를 공급할 뿐이니 비정상적으로 효율성이 낮다. 게다가 소가 풀 대신 콩으로 만든 고단백 사료를 소화하면서 자연 상태보다 몇 배나 늘어난 트림과 방귀의 메탄가스는 이산화탄소보다 28배 강력한 온실가스이다. 회식 때 먹는 한우갈비가, 습관적으로 사 먹는 돈가스가, 소주잔을 기울이며 굽는 삼겹살이 내일의 기후를 좌우한다니. 육식은 단순한 입맛 추구나 동물 복지를 위한 것 이상이 되어버렸다.

2020년 전 세계에 큰 충격과 변화를 일으킨 코로나 바이러스도 좀 더 많이, 좀 더 빨리, 좀 더 싸게 고기와 우유, 계란을 먹기 위해 도입한 공장식 축산과 아주 가깝게 연결되어 있다. 중국 사람들이 어처구니없이 박쥐로 국을 끓여 먹는 바람에 전 세계가 이 난리를 겪고 있다고 손가락질을 하면 무척 편리하겠지만, 사실 그게 다가 아니다. 중국 사람들이 이상한 음식만 그만 먹으면 코로나 바이러스 같은 전염병이 없어질까? 그렇다면 메르스를 퍼뜨린 낙타, 사스의 사향고양이, 아프리카돼지열병의 돼지,

에볼라의 과일박쥐는 어떻게 설명할 수 있을까? 말라리아처럼 잘 알려진 전염병 중 60%와, 코로나처럼 새롭게 창궐하는 전염병의 75%는 동물에서 비롯되었다. 이런 전염병을 인간에게 매개하는 동물은 천산갑, 고양이, 소, 들소, 양, 염소, 비둘기, 돼지, 사향고양이 등등 실로 다양하다.

사실 사람도 동물이니까 크게 이상할 건 없다. 다만 지구상에서 차지하는 인간의 영역이 갈수록 넓어지면서 야생동물의 영역이 줄어드니, 전에는 동물들 사이에 퍼졌다가 그 안에서 사그라들던 바이러스들이 인간의 영역에도 들락날락하게 된 것이다. 오히려 동물과 바이러스의 영역을 침범한 건 인간이라는 게 맞는 표현이다. 거기다가 항생제를 맞혀가며 다닥다닥 가둬놓고 키우는 소와 돼지, 닭의 면역력은 약할 대로 약하니 바이러스가 퍼지기에는 딱 좋은 환경이고, 밀집된 공간에 붙어살면서 지내는 인간의 도시 환경은 바이러스가 세력을 확장하기에 이보다 좋을 수 없다. 이런 마당에 우리끼리 마스크를 쓰고 손을 닦아서 코로나를 물리친다고 믿는 건 그야말로 손바닥으로 해를 가리는 셈.

3분의 1 채식, 누워서 식은 죽 먹기

채식을 켜고 끄는 나만의 기준

그래, 이모저모 채식을 해야겠다는 생각은 드는데, 갑자기 고기를 다 끊고 야채만 먹으라니 생각만으로도 지루하고 섭섭하다. 스스로 '채식주의자'라는 간판을 내건 순간 더 이상 육류나 유제품 메뉴는 쳐다볼 수도 없다는 게 어처구니없게도 나의 자유의지를 스스로 침해하는 듯 분하다.

그럼 어쩜담? 계산해보니 한 명이 마음먹고 1년 내내 완전 비건일 때와, 7명의 육식주의자가 일주일에 한 번씩 고기를 안 먹을 때 환경 영향은 대략적으로 비슷하다는 셈이 나온다.

비건 한 명 × 365일 = 365

일주일에 한 번씩 채식 × 7명 × 52주 = 364

오호라! 혼자서 완전채식을 선언하고 고군분투하느니, 친구들 6명을 잘 모아서 일주일에 한 번 이상만 실천하면 한 명의 완전채식에 버금가는 긍정적인 변화를 만들 수 있다니 자신감이 생긴다.

"우리 메뉴는 3분의 1이 비건입니다. 3분의 1 비건인 분들에게 편리하지요." 시내에 자전거를 타고 지나가다 눈에 뜨인 초밥집 입간판이다. 일식 요리 중에 우리에게도 친숙한 야채튀김, 해조류 무침, 버섯 요리, 삶은 콩, 가지 요리 등 원래 있던 기본 메뉴로 뭘 새삼스레 생색을 내나 싶다가도, 그만큼 어디서건 비건 메뉴를 찾는 이들이 많아졌다는 반증이라는 데에 생각이 미친다. '모 아니면 도'식의 흑백논리를 앞세운 '비건 대 육식주의자'의 대치관계를 벗어나 그야말로 '편리한 대로' 유동적인 채식을 권하는 초밥집 나름의 새로운 마케팅이 신선하게 다가온다. 그래, '3분의 1 비건' 좋았어. 할 만해.

그런데 이렇게 3분의 1 비건이 되기로, 육류를 줄이기로 동의한 순간, 일주일에 하루는 일단 열심히 지킨다 해도 나머지 6일 동안 무엇을 언제 허용하고 자제할지 애매하다. 마음 내키는 대로 했다가는 고기 종류가 어느 틈에 스리슬쩍 식탁 위로 매일 끼어들 수가 있다. 고기'만' 먹는 게 아니라면 이마저도 괜찮다고 생각하긴 하지만.

'회색 채식인'으로서 나의 기준은 다음과 같다. 일단 이번 끼니에 고기를 먹느냐 안 먹느냐는 결정은 내가 스스로에게 부여한 어떤 타이틀이 아니라, 전적으로 나의 자유의지와 상황에 따라 유동적으로 내린다. 결과는 같더라도, 어디까지나 먹을 수 있지만 안 먹는 거라는 생각은 내 스스로에게 꽤나 자유와 변화의 여지를 부여하는 효과가 있다. 그리고 이렇게 내린 결정에는 아무런 켕김이나 비굴함이 없게 행동한다는 것이 기본 전제이다. 내가 스스로에게 내세우는 세 가지 기준을 소개한다.

음식이 버려질 위기에 처했을 때

가만 보니 우리 이번 주 식단도 거의 비건이었네? 한번 보자. 아침에 쌀우유에 시리얼, 키위랑 빵, 땅콩버터, 잼 발라 먹었으니 됐고, 점심 때 현미밥에 야채 볶은 거랑 장아찌랑 김, 저녁에는 버섯 수프에 코코넛크림 넣었지. 어 근데 어제 식당에서 남아서 싸온 오징어 요리가 있었구나. 어제 저녁에는 된장찌개 먹었는데, 떨이로 사온 생선 케이크를 같이 먹었구만. 우리 이렇게 어디서 얻은 거나 싸게 가져온 거는 치지 말까? 하하.

슈퍼에 갔다가 유통기한이 임박해서 싸게 파는 음식을 사

다 먹는 것이 나에게는 육식을 하게 되는 가장 흔한 사례이다. 이때에도 너무 커다란 고깃덩이나 소고기가 들어간 메뉴는 되도록 피하지만, 곧 문 닫을 시간이 지나 쓰레기통으로 갈 운명이라면 도와주자는 게 나의 주장이다. 내가 자발적으로 육류를 주문하지는 않지만, 나의 의지와 무관하게 이미 만들어진 소중한 음식이 쓰레기통으로 간다면 고기건 야채건 차라리 누군가의 배로 들어가는 게 낫다는 좋은 핑계다. 누이 좋고 매부 좋지 않은가!

비슷하게 학교에서 자주 벌어지는 행사에서 손님들을 위해 점심으로 제공된 샌드위치가 남으면, 비건을 위한 구운 야채 샌드위치나 베지테리언을 위한 계란 샌드위치와 치즈 샌드위치 옆에 소고기나 참치, 고등어를 넣은 샌드위치도 있기 마련이다. 배고픈 학생들이 이내 달려들어 죄다 먹어치워서 음식 쓰레기 문제가 크지 않은 게 보통이지만, 거기에 나도 껴서 한입 베어 물때는 굳이 따지지 않고 이것저것 입에 넣는다.

사람들과 음식점에 가거나 회식 자리에서도 나는 보통 새로 소개된 채식 메뉴에 도전하는 걸 꺼리지 않고, 아니면 채식에 대해 미리 언질을 해놓을 때가 많아서 내가 적극적으로 육식 메뉴를 택한 일은 없다. 그러다 보면 화두인 채식 얘기도 자연스럽게 나오고, 내가 시킨 메뉴가 나오면 으레 "너 채식이야?"라는 질문도 받는다. 그러면 자칫 윤리 문제로 이어져 경직될 수 있는 분위기를 누그러뜨릴 아주 좋은 기회다. "아니. 근데 그냥 웬만하면 채식하려고 해. 알잖아, 환경 때문에 좀 줄이는 게 좋다잖아. 근데 가끔 먹고 싶을 때를 대비해서, 하하 그리고 나의 자유를 침해받지 않기 위해서 완전채식은 못할 거 같아. 하면 좋겠지만!" 하고 답하면, 혹여나 내 옆에서 고기 요리를 시킨 사람은 자신이 야만적으로 보일까 하는 식탁 위의 긴장감이 누그러지기 마련이다. 옆자리에 앉은 친구가 나의 음식이 어떤지 궁금해하면 얼마든지 핑곗김에 고기 요리 몇 점과 조금 바꿔 먹는다. 옆 사람이 남긴 음식 또한 마다하지 않고 내가 먹어 치우기도 한다.

직접 만든 식사에 초대받았을 때

대부분 미리 채식 여부나 피해야 할 재료에 대해 묻는 게 보통의 초대 예절이지만, 이따금 고기 요리를 대접받는 경우가 있다. 얼마 전 친한 친구 크리스티나의 부모님이 저녁 식사에 초대해주셨다. 별모양 파스타가 들어간 맛있는 닭고기 수프와 두툼한 돼지고기 스테이크가 식탁에 나왔다. 내 취향을 잘 아는 크리스티나가 평소에는 절대 권하지 않을 메뉴라 처음에는 속으로 조금 당황했다. 그렇지만 직접 정성 들여 만든 음식을 자식들이 잘 먹을 때 느끼는 무한한 기쁨은 모든 어머니의 특권인지, 푸짐하게 한 상 차려주시고는 우리 먹는 모습만 흐뭇하게 쳐다보신다. 그날은 저 멀리 카나리섬에서 언제 또 오셔서 이렇게 해주실까 싶어서 비건의 'v'자도 안 꺼냈다. 그 대신 귀여운 친구 어머니 보란 듯이 일부러 부엌을 들락날락하며 두 접시나 배불리 먹었다. 오랜만에 느끼는 엄마의 손맛이었다.

생일날

생일에 주문하는 고기 요리는 '일 년 동안 참고 벼르던 고기를 드디어 좀 먹자!'라기보다는 상징적인 나만의 의례이다. 일 년에 하루만큼은 하고 싶은 대로 하기. 이건 우리가 어릴 때 받아온 훈육의 방식이라고도 할 수 있다. 지금 기억하는 어린 시절의 고기반찬은, 명절이나 생일같이 특별한 날에만 먹는 특식이었다. 어릴 때는 심지어 고기를 많이 먹으면 성격이 포악해진다고 교육받고 자랐다. 그렇다고 내 성격이 절대 덜 포악하다고 할 수는 없지만! 언제든 돈가스와 치킨을 시켜 먹는다면 이렇게 인내와 기다림이 주는 기쁨을 누리기는 어렵다.

어릴 적 살던 우이동 집으로 올라가던 길에는 돼지갈빗집이 있었다. 평소에는 나랑 상관없는 곳처럼 지나치기만 하다가 어느 날 아빠가 좋은 일이 있다면서 가족들을 데리고 가셨다. 무슨 일이었는지 기억은 안 나지만, 혹은 고기에 정신이 팔려 관심이 없었는지 모르지만, 이런 식당은 중요한 일을 축하하러 오는 곳이구나 생각했다. 그렇게 특별한 날을 기념하며 가족들과 둘러앉아 달콤짭짤하게 양념된 돼지갈비를 불에 굽는 경험이 오죽 신선하고 좋았으면 지금까지 기억에 남아 있을까.

지난해 생일날에는 일부러 양고기 스테이크를 청해 먹었다. 고기를 먹을 때 먹더라도 약간의 동물성 단백질로 맛의 풍미를 더하는 것을 넘어 끼니의 대부분을 커다란 고깃덩이로 먹는 것은 자제해야 한다고 평소에 부르짖기 때문에, 일 년에 한 번 상징

121

적인 차원에서 일부러 먹었다. 그것도 기후 영향 순위에 최악인 양고기를 당당히 청해 먹었으니, 나머지 일 년 동안 괜히 심통 내지 않을 충분한 일탈이다. 친구에게 이런 얘기를 하니, 이제 364명의 친구를 새롭게 사귈 때라고 농담을 한다. 그러면 일 년 내내 스테이크를 먹을 수 있고, 동시에 사회적 유대감을 높이게 될 테니 일석이조가 아니냐며.

하루 한 끼가 한 표!

비건 식사는 하루에 세 번씩 기후변화와 코로나 바이러스 방지를 위해 투표하는 것과 같은 셈이다. 우리 한 명 한 명의 표가 모여 민주주의를 이루는 것과 다르지 않다. 내가 사는 오늘과 나의 아이들이 살아갈 미래의 환경을 정상으로 되돌릴 가능성은 오늘 우리가 선택하는 메뉴에 달려 있다. 생물다양성이 가장 큰 특징인 생태계에서 단 하나의 종, 호모 사피엔스가 전체 포유류 총량의 34%를 차지하고, 62%는 인간이 키우는 가축이 차지한다는 사실은 무척 부자연스럽다. 인간이 점점 더 많은 고기를 더 자주 먹고 싶어 하니 벌어진 현상이다.

한국에서도 채식에 대한 관심이 높아지고 있지만, 영국과 유럽 각지에서 벌어지는 커다란 흐름과 비교해보면 차이가 확실하다. 오히려 한국은 채식하기 어려운 나라라는 의견이 우세하다. 으잉? 서양에서 조명받고 있는 한국의 훌륭한 채식 음식 문화가 언제부터 이렇게 되었을까? 그도 그럴 것이 회식에는 삼겹살, 배달에는 치킨의 아성이 굳건하고, 밖에서 식사할 곳을 찾으려면 부대찌개나, 감자탕, 닭갈비, 보쌈 등 육식 메뉴가 점령하고 있어 채식할 만한 곳을 찾기가 쉽지 않다.

하지만 우리 각자가 매일 식사를 통해 끼치는 영향력의 크기가 그리 작지 않다는 사실을 깨닫고 오늘부터 회색 채식을 시작한다면, 그리 어렵지 않게, 이런 부자연스러운 현상도 바꿀 힘이 생긴다. 한 끼씩 성공하다 보면 조금씩 더 나의 긍정적 영향력을 키워갈 자신감도 생겨나리라. 다 잘하려고 하는 게 어렵다면 한 번에 하나씩 차근차근 하면 된다. 어제는 잘했는데 오늘은 좀 망쳤어도 괜찮다. 누가 뭐라 한들 내일은 또 새롭게 하면 되니까. 오늘 나의 메뉴 선택으로 세상에 조금이라도 긍정적인 영향을 만들어내는 것은 모두 의미가 있다. 이렇게 가볍게 마음을 먹으면 채식도 어렵지 않다.

더욱이 우리보다 훨씬 전부터 육식을 즐겨온 영국과 유럽이 이렇게 변할 정도라면, 원래 훌륭한 요리 문화를 지닌 우리는 그야말로 식은 죽 먹기다. 집 밖에서도, 더 많은 이들이 채식을 찾을수록 식당들이 훌륭한 한국의 채소 요리를 부활시키지 않을 이유가 없음을 영국에서 이미 증명하고 있다. 이런 의미에서 영국에서 오늘 저녁 차려 먹는 메뉴는 현미콩밥, 김치찌개, 불고기 양념으로 요리한 렌틸콩, 구운 김, 한국에서 보내준 무말랭이. 냠냠!

지속 가능하다,
건강하다면

이
의
철

"2019년은 비건의 해가 될 것이다." 영국 시사 주간지 《이코노미스트》가 내놓은 전망이다. 당시 여러 채식인들은 이를 SNS를 통해 열심히 공유하고 있었지만, 나는 그 뉴스가 그다지 반갑지 않았다. 오히려 한국과 서구 사회의 괴리가 더 심화되겠다는 생각에 시큰둥한 마음이 들기까지 했다. 국내 언론사들이 《이코노미스트》의 전망과 함께 국내 채식 인구가 150만 명이고, 지난 10년 사이 10배 증가했다는 일부 채식 단체의 근거 없는 주장을 보도했지만, 현실에서는 이런 변화를 체감할 수 없었기 때문이다. 오히려 이런 채식계의 희망 섞인 가짜 뉴스가 채식 문화 확산의 걸림돌이 될 수 있겠다는 우려가 앞섰다.

정말 그렇게 많다고?

나는 직업환경의학 전문의로 한 해에 1만 명 정도의 사람들을 만나 건강 상담을 한다. 비만, 고혈압, 당뇨병, 고지혈증, 심뇌혈관질환, 비염, 아토피, 궤양성 대장염, 크론병, 건선, 만성 편도염 등 각종 만성질환을 앓는 사람들의 식습관과 기본적인 생활습관을 묻고, 필요한 건강 조언을 하기 때문에 자연스럽게 채식이나 비건을 지향한다는 사람들을 놓치지 않고 파악할 수 있다. 그런데 지난 10여 년간 내가 만날 수 있는 비건은 두세 명에 불과했다. 범위를 조금 더 넓혀 락토오보 채식인(고기는 먹지 않지만 계란이나 우유는 먹는 채식인)까지 합해도 대여섯 명에 불과했다. 어떤 추세가 있다고 말하기도 어려울 정도의 산발적 만남에 불과했다. 물론 상담 대상이 주로 어느 정도 연령이 있는 생산직 남성 노동자들이어서 편향이 있을 수도 있지만, 가끔씩 만나게 되는 카이스트나 국립대학교 학생들과 교직원들, 국책 연구소의 연구원들과 상담을 할 때도 특별한 차이를 느낄 수 없었다.

그렇다 보니 《이코노미스트》의 장밋빛 전망은 한국과 전혀 상관없는 전망처럼 느껴졌다. 언제까지 서구 사회 시민들의 환경과 생명 감수성을 부러워해야 하는가? 언제까지 '서구 사회 추종'이라는 오해를 감수하고 반향 없는 주장을 반복해야 하는 건가? 피로감이 몰려왔다. 또 국내 채식 인구수에 대한 과장이 오히려 채식 관련 사업가들의 오판을 초래해 장기적으로 비거노믹스veganomics*의 성장을 방해할 수 있다는 걱정도 들었다. 내가 체감하는 채식 인구는 여전히 1만 명당 1명 정도(0.01%)인데, 국내 채식 인구가 전체 인구의 2~3%가 될 거라는 전망을 가지고 사업을 시작하면 그 사업은 실패할 수밖에 없기 때문이다. 실제로 2019년 하반기에 일부 편의점에서 비건 버거, 김밥, 도시락,

---

＊ 　　　순수 채식을 뜻하는 'vegan'과 경제를 뜻하는 'economics'를 합친 신조어로, 동물과 지구에 부담을 덜 주기 위해 책임감 있는 방식으로 생활하는 사람들의 필요를 충족시키고자 순수 식물성 재료만을 이용한 음식, 화장품, 생활용품 및 기타 삶에 필요한 것들을 생산·유통하는 산업을 뜻한다.

지속 가능하다, 건강하다면

만두 등을 출시했지만, 몇 달 지나지 않아 자취를 감췄다. 아무리 선한 의도이고, 희망을 '좀' 보탠 것이라도, 그 전망이 근거가 없다면 상당한 사회적 손실이 발생할 수밖에 없다. 이렇게 한 번 실패를 경험한 사업가들은 다시 비거노믹스 시장에 뛰어들 때 훨씬 더 신중한 태도를 취할 수밖에 없다. 그래서 애초의 선한 의도와는 정반대로 비거노믹스 성장이 더뎌질 수 있는 것이다.

2019년, 한국에서 일어난 일들

하지만 2019년에 여름휴가를 다녀온 후, 한국에서도 뭔가 근본적인 변화가 일어나고 있다는 걸 느끼게 만드는 일들이 이어졌다. 여름휴가가 끝난 후 대학생들이 비건을 주제로 다큐멘터리를 제작하겠다면서 연이어 인터뷰 요청을 해왔다. 또 2017년 포르투갈에서 채식 선택권 보장 법안*이 통과되었다는 소식이 전해진 후 꾸준히 제기되어온 '채식 선택권' 의제를 녹색당이 공식 채택해 공공 급식 채식 선택권에 대한 헌법소원을 제기함으로써, 채식 선택권이 본격적인 헌법소원 과정을 밟게 되었다.

더 놀라운 것은 언론의 반응이었다. '채식 선택권 헌법소원' 소식이 경쟁적으로 보도되었다.

특히 군대 내 채식 선택권에 대한 관심이 '생각보다' 매우 호의적이어서 깜짝 놀랐다. 채식 선택권은 군대에서 가장 늦게 보장될 거라고 예상했는데, 오히려 반응이 가장 빨랐고 여론의 반응도 나쁘지 않았다. 군대 내 채식 선택권과 관련해 개인적으로 군 급식 담당자를 만나 이런저런 이야기를 나눌 기회가 있었다. 사병들의 심각한 편식 문제로 고민이 많다는 얘기를 들으면서, 군대라는 조직이 '20대 남성들의 유치원'처럼 되고 있다는 생각도 들었다. 그래서 오히려 채식 선택권 보장 요구를 군대 내 식습관 개선의 계기로 삼으려 고민하는 모습이 안쓰러워 보이기까지 했다.

변화의 분위기는 사회운동 내에서도 감지되었다. 2019년 국

＊　　　2017년 3월 포르투갈 의회에서 〈채식 메뉴 선택사항 구비 의무에 관한 법률〉이 통과되었다. 이 법안은 "공공시설의 매점과 식당에서 제공되는 식단에 채식주의 식사를 도입할 의무"를 부여한 세계 최초의 법안이다(145~146쪽 참고). 이후 미국 캘리포니아주와 뉴욕주(병원 한정)에서도 비슷한 법안이 통과되었다.

　　　　　　　　　　　　　　지속 가능하다, 건강하다면

내 최초의 기후 위기 관련 대중행동을 준비하는 과정에서 일부 활동가들이 채식을 실질적인 의제로 인식하기 시작했다. '기후 위기 비상행동' 준비회의에서 처음으로 진지하게 '채식'을 하면 온실가스 배출의 25%가량을 줄일 수 있다고 주장했을 때 뜨악 해하던 참가자들의 분위기는, 9월 21일 '기후 위기 비상행동' 이 후 호의적으로 바뀌기 시작했다. '베지닥터'(vegedoctor.org)에서 제작한 기후 위기와 채식의 관련성에 대한 홍보물을 자신이 속 한 단체의 회원들에게 배포할 수 있도록 허락해달라는 요청까 지 있었다.

　환경운동연합은 채식을 망설이는 사람들을 위한 '채식 강 연'도 개최했는데, 그 강연이 환경운동연합의 첫 채식 관련 행사 였다는 이야기를 듣고 깜짝 놀랐다. 분뇨로 인한 수질오염, 연근 해의 데드존dead zone, 과도한 항생제 사용으로 인한 다제내성균, GMO 사료 재배를 위한 아마존 밀림 파괴, 메탄과 아산화질소 같은 온실가스 배출 등 수많은 환경 문제들이 축산과 관련이 있 는데도 이를 중요한 의제로 여기지 않았기 때문이다. 그래도 이 제 채식 의제에 대해 관심이 생겼으니 정말 반가운 일이다. 축산의 문제를 해결하지 않고서는 기후 문제도, 환경 문제도 해결할 수 없다는 공감대가 더 넓어지기를 바란다. 이후에도 다양한 지역의 환경단체들로부터 채식 관련 강연 요청이 이어졌다.

'대체육'과 채식에 대해 많은 언론의 인터뷰 요청도 받았다. 신사업으로서 대체육이 주목받고 있는데, 이 대체육이 환경에 긍정적인 영향을 미치는지, 건강에도 도움이 되는지 등에 대해 '전문가' 의견을 구하는 인터뷰였다. 기성 언론뿐 아니라 대학 언론사들도 비슷한 주제의 인터뷰를 요청해왔다. 그해 9월에는 채식을 주제로 한 KBS의 토크쇼에 출연하기도 했는데, 채식인의 고민을 진지하게 전달할 수 있었던 자리여서 만족스러웠다.[01]

10월 말에는 경기도 의회에서 우유 급식에 대한 토론회가 개최되어 우유 급식의 문제점을 공개적으로 발표할 수 있는 기회도 생겼다. 당시 발표한 내용 중 가장 큰 호응을 받은 문제 제기는 "불면증에 도움이 되는, 수면을 촉진하는 우유를 오전 간식으로 학생들이 마시면 학습에 도움이 되겠는가?"였다. 토론회를 계기로 학교에서 우유 급식 폐지를 위한 노력이 좀 더 구체화되고 있다는 반가운 소식도 들었다. 먼 나라 일처럼 느껴졌던

지속 가능하다, 건강하다면

'2019년은 비건의 해' 전망이 드디어 한국에서도 현실이 되고 있었던 것이다. 그리고 12월에는 건강 상담을 하면서 "고기, 생선, 계란, 우유, 식용유, 설탕을 안 드시면 고지혈증은 사라집니다"라고 조언했을 때 "그럼, 비건 하라는 말씀이신가요?"라는 질문까지 들을 수 있게 되었다. 처음 있는 일이었다. '비건'이라는 단어가 일상화되기 시작한 것을 느낄 수 있었다.

모두가 회피해온 문제

이런 흐름 속에서 일부 아쉬움도 있었다. 비건에 대한 관심이 '탈육식'에만 초점이 맞춰지면서 건강 혹은 '건강한 채식'의 중요성에 대해서는 회피하는 경향이 느껴졌기 때문이다. 언론은 육식이 환경이나 동물의 생명권에 미치는 영향, 신념에 따라 채식을 하려는 사람들의 인권과 채식 선택권 등에 대해서는 아주 섬세하고 감각적인 기사를 보도했지만, 비건 지향 식생활이 정말 건강한지, 어떤 채식을 해야 건강한지에 대해서는 큰 관심을 보이지 않았다.

'저탄고지', '지방의 누명', '케톤 식이' 등이 공중파 방송이나 주류 언론에서 '건강한 식사법'으로 소개되는 등 잘못된 정보가 마구잡이로 퍼지고 있는 상황이다 보니, 비건에 우호적인 기자들도 제한된 지면에서 이 복잡한 쟁점을 다루는 게 부담스러울 수 있었을 것이다. 게다가 비건 활동가들도 본인을 "건강을 위해 비건을 지향하는 것이 아니라, 이타적인 이유로 비건을 지향한다"고 규정하고 있는 경우가 많아, 굳이 비건을 건강과 관련지어 보도할 필요성도 적게 느꼈을 것이다. "I'm vegan for animal, not for health(나는 건강이 아니라 동물을 위해 비건이 되었다)"라는 문구가 인쇄된 티셔츠를 입고 있는 비건 활동가들의 모습은 이런 분위기를 단적으로 보여준다.

현재 한국의 비건 운동은 '탈육식'에 맞춰져 있다. 어떤 방법으로든 사람들의 동물성 식품 섭취를 줄일 수 있다면, 환경을 위해서나 동물의 권리를 위해서나 도움이 된다는 것이다. 이는 동물성 식품을 최대한 본뜬 순수 식물성 식품을 소개하는 방식의 활동으로 이어진다. 우유와 설탕이 주성분인 아이스크림을 대체할, 식물성 지방과 설탕이 주성분인 '비건 아이스크림'을 소개하고, 튀긴 소고기 패티가 들어간 햄버거 대신 튀긴 식물성 고기(대체육)가 들어간 버거에 환호한다. 돈가스 대신 '비건 콩가스'를 권하고, 버터·계란·우유가 안 들어간 달고 기름진 비건 디저트와 베이커리 제품들이 정말 맛있다고 홍보한다. 고기나 동물성 식품 없이도 얼마든지 이전과 비슷하게 달고 기름진 맛의 '비건 음식'을 즐길 수 있으니, '탈육식'을 하자는 것이다. 심지어 이런 비건 음식들을 '건강한 음식'이라고 홍보하기도 한다.

그러나 비건 활동가들이 이런 화려한 '비건 음식'들로 배를 채우면, 얼마 가지 않아 다양한 만성질환으로 의료 기관을 찾게 될 가능성이 커진다. 환경과 동물, 지구의 아픔에 공감할 줄 아는 활동가들이 역설적이게도 지구상에서 유일하게 자기 자신만 학대하는 격이 되는 것이다. 이런 운동은 지속되기 어렵다. 어떤 가치를 지향하는 사람들의 건강이 시들해지면, 그 가치도 시들 수밖에 없기 때문이다. 축산-낙농업자들과 그들의 후원을 받는 전문가들은 기가 막히게 이런 문제를 파고들어 언론 플레이를 한다. 따라서 비건 활동가들과 언론은 '탈육식'의 필요성뿐 아니라 '건강한 탈육식'에 대해서도 진지하게 고민해야 한다.

'고기 흉내'와 '고기 너머' 사이

미국의 '비욘드 미트Beyond Meat', '임파서블 버거Impossible Burger' 등이 엄청난 주목을 받고 있다. 언론에서는 이런 '대체육'이 '탈육식'의 주된 무기가 될 것으로 예상한다. 국내에서도 '비욘드 미트'가 수입되어 버거와 피자 등에 사용되고 있다. 하지만 '비욘드 미트'는 '이름값'을 하지 못한다. 고기를 뛰어넘는 것이 아니라 고기 흉내에 집중하기 때문이다. '임파서블 버거' 또한 마찬가지다. 적색육의 가장 큰 특징인 헴heme(육류를 붉은 색으로 보이게 만드는 철분 함유 성분)을 본뜬 식물성 헴을 자신의 장점으로 강조한다. 하지만 고기와 비슷한 맛과 모양을 흉내 내려면 육류와 비슷한 지방과 단백질, 나트륨 구성을 추구할 수밖에 없다. 그 결과, 건강에 미치는 영향 또한 점점 닮아가게 된다. 참고로 헴 성분은 당뇨병, 심혈관질환, 대장암, 위암, 식도암, 유방암, 자궁내막암 등 다양한 질병의 발생 위험을 증가시킨다는 다수의 연구 결과들이 있다.

나도 '비욘드 미트' 출시 소식이 반가워서 주문해 맛을 봤다. 하지만 다시 주문하기가 부담스러웠다. '비욘드 미트'를 먹고 나면 속이 더부룩해지고 몸이 무거워지는 느낌이 들었기 때문이다. 과도한 포화지방과 단백질로 인해 소화가 안 되고, 피부를 비롯한 몸의 다양한 부위에 염증 초기 반응이 나타났으며, 다음 날 화장실에서도 배변 변화가 느껴졌다. '비욘드 미트'만 그랬던 건 아니다. 대체육과 채식 치즈, 계란 등 동물성 식품을 모방한 국내외 다양한 채식 제품들이 대부분 비슷한 문제를 안고 있다. 과거에 한국인들이 어쩌다 한 번씩 고기를 먹었듯이, 이런 음식들은 아무리 순수 식물성 성분이라도 어쩌다 한 번씩 먹어야 탈이 안 난다.

작년에 편의점에서 비건 제품들이 쏟아져 나올 때도, 반가운 마음에 예약을 해서 거의 매일 한두 가지 제품을 사먹었다. 이제는 편의점에서 비건 음식을 먹을 수 있겠다는 생각에 기쁘기도 했다. 그러나 며칠 지나지 않아 피부에 문제가 생기고 피로감이 증가해 고생했다. 한 패스트푸드 브랜드에서 출시한 '비건 버거'도 마찬가지다. 반가운 마음에, 그리고 메뉴에서 사라질까 봐 '의리'로 몇 번 먹을 순 있어도 그 이상 자주 먹기는 어려웠다.

물론 모든 사람들이 나와 같은 부작용을 겪는 건 아닐 것이

다. 게다가 대체육이 환경에 이로운 것만은 분명하다. '비욘드 미트' 버거 패티를 먹으면 같은 크기의 소고기 패티를 먹을 때보다 온실가스 배출 90%, 물 사용 99% 이상, 토지 사용 93%, 에너지 사용 46%를 줄일 수 있다.[02] 이렇다 보니 소고기 패티 대신 '비욘드 미트' 버거를 더 많이 먹어야 할 것 같고, 주변에도 적극적으로 권하고 싶은 마음이 생길 수밖에 없다. 심지어 건강에도 좋을 거라 믿고 싶어지기까지 한다(물론 일부 긍정적 효과가 있다). 충분히 이해가 되는 상황이다. 정크푸드와 육식에 중독된 사회에서 '비욘드 미트'나 각종 '고기 흉내' 음식들이 없다면 육류 소비를 줄이기 어려울 수 있다. 건강한 채식으로 가기 위한 훌륭한 징검다리 역할을 해줄 수도 있을 것이다.

하지만 앞서 언급했듯이, 비건 활동가들이 건강하고 활기차야 비건 활동가들이 지향하는 가치들도 우리 사회에서 더욱 활기차게 확산될 수 있다. 혹시라도 '고기 흉내' 음식을 먹다가 불편한 증상이 느껴진다면, 애써 아무렇지 않은 척하기보다는 좀 더 건강한 채식을 고민해야 한다. 동물과 환경을 위해 본인의 건강을 무시하는 실수를 저질러서는 안 된다. '탈육식' 고민과 함께 '고기 흉내'를 넘어설 고민도 해야 한다.

새로운 식탁 상상하기

나는 의사로서 비만, 고혈압, 당뇨병, 고지혈증 등 현대인들이 흔히 앓는 질환들을 치료할 수단으로 '채식'을 고민하기 시작했다. 최근 증가하는 '비건 지향'인들과는 조금 다른 고민 속에 채식을 시작한 것이다. 하지만 건강하게 먹는 것에 대한 자료를 찾다 보니 사람을 병들게 만드는 음식들이 생산과정에서 땅과 지하수, 하천과 바다를 오염시키고, 동물에 대한 종차별적 태도와 자연을 수탈의 대상으로 바라보는 인간중심주의를 강화해, 결국 인류와 지구 생태계의 지속 가능성을 근본적으로 위협한다는 진실까지 알게 되었다. 그리고 이런 진실을 외면하고 왜곡하는 세력들의 존재와, 이들의 반인류적인 활동이 거리낌 없이 허용되는 사회 시스템에 대해서도 알게 되었다. 이 시스템이 바뀌지 않으면 '탈육식' 인구를 늘리는 것도 쉽지 않을 뿐 아니라 근본적인 문제 해결도 불가능하다는 것 또한 깨달았다.

지속 가능하다, 건강하다면

많은 비건 활동가들은 고기, 생선, 계란, 우유와 같은 동물성 식품뿐 아니라 식용유와 설탕, 식물성 고기류까지도 제한해야 한다는 나의 주장을 부담스러워한다. 그렇게 해서는 정크푸드에 길들여진 사람들을 '탈육식'으로 이끌 수 없고, '탈육식'의 대중화도 이루기 어렵다고 생각한다. 그렇지 않아도 비건이나 채식인은 '도덕주의자'에 '금욕주의자'일 것이라는 인식이 강한데, 설탕과 기름, 식물성 고기까지 제한해야 한다고 말하면 더 외면받을 것이라는 걱정이 앞서는 것이다. 하지만 이 싸움은 단순한 싸움이 아니다. 채식이 한 번 크게 인기를 끈다고 해서 이길 수 있는 싸움이 아니다. 사람들의 인식과 삶을 바꾸는 운동이 되어야 한다. 그러려면 비건을 지향하는 사람들의 '지속 가능한 건강'이 전제되어야 한다. 그리고 삶으로써 온갖 억측을 반박할 수 있어야 한다. 축산의 문제를 제기하는 것만으로는 부족하다. '비건'과 관련된 다양한 편견들에 타협하기보다는 근본적으로 문제 제기를 하는 태도가 필요하다.

채식을 하면 단백질이 부족하기 쉬우니 콩이나 두부, 견과류를 많이 먹으려고 노력하는 경우가 많은데, 현미, 감자, 옥수

수 등 건강한 탄수화물 음식만 먹어도 충분한 단백질(칼로리 대비 8~15%)을 섭취할 수 있다는 사실을 기억해야 한다. 탄수화물이나 밀가루 때문에 살찔까 봐 밥 대신 과일이나 두부를 먹으려 하기보다는, 지방과 설탕, 동물성 단백질 때문에 비만이 될 수 있다는 사실을 기억해야 한다. 건강한 지방이라는 소문을 믿고 올리브유나 코코넛 오일을 찾아다니기보다는, 동물성이든 식물성이든 지방은 바로 뱃살이 된다는 사실을 기억해야 한다. '비건' 버전의 잘못된 정보로부터 자유로워져야 한다.

나는 그래서 현재의 '비건' 운동이 '자연식물식' 운동으로 진화하길 바란다. '자연식물식'은 자연 상태의 식물성 식품을 중심으로 식단을 구성하는 것을 뜻한다. 동물성 식품을 배제하는 것뿐만 아니라 각종 식물성 기름과 설탕, 고도로 가공된 식물성 식품(식물성 고기류) 또한 최대한 배제하는 식단이다. 영어로는 'Whole-Foods, Plant-Based(WFPB) diet'라고 부르며, 이런 지향에 맞게 생활하는 것을 '자연식물식 생활WFPB lifestyle'이라고 부른다. '비건 지향 생활vegan lifestyle'과 비슷하다. 자연식물식 생활을 하면 비건 지향 생활로 얻을 수 있는 이득을 모두 얻을 수 있다. 추가적인 이득이 있다면 건강까지도 100% 보장할 수 있다는 것이다. '자연식물식 생활'은 '비건 지향 생활'과 동일한 가치를 추구하지만, 동물성 식품을 흉내 낸 비건 가공식품도 최대한 배제하기 위해 노력하는 식단이자 삶의 태도다.

많은 사람들은 '자연식물식'을 권하면 도대체 어떻게 먹으라는 거냐며 암담해한다. 하지만 '자연식물식'은 한국인에겐 매우 친근한 식사 방법이다. 1970년대 초반까지 한국인이 먹었던 방식이 '자연식물식'과 매우 가까웠다. 당시엔 밥을 고봉밥으로 먹고 주로 보리, 밀, 고구마, 감자, 옥수수 등으로 배를 채웠다. 그리고 채소를 반찬으로 먹고, 과일을 별미 간식으로 먹었다. 당시엔 아직 '해표' 식용유가 나오기 전이라* 튀기거나 볶은 음식도 없었다. 참깨나 들깨도 기름(참기름, 들기름)으로 짜서 먹기보다는 참깨나 들깨 자체를 뿌리거나, 가루 내서 뿌려 먹는 방식이 일반적이었다. 고기, 생선, 계란, 우유의 섭취량은 현재의 5~10% 수준이었고, 한 번에 먹는 양도 요즘 한 끼에 먹는 양보다 적었다.

당시엔 현재보다 밥을 세 배 많이 먹었어도 배 나온 사람이 없었고, 고혈압, 당뇨병, 고지혈증, 아토피 등도 없었다. 그렇게 먹었어도 단백질 부족으로 인한 문제는 발생하지 않았다. 한국인들의 건강 상태 개선 혹은 변화는 고기가 아니라 감염성 질환과 외상을 효과적으로 치료할 수 있는 현대 의학, 충분한 양의 쌀 생산, 위생 상태의 개선 덕분이다. 따라서 이른바 일부 전문가들의 '가설 수준' 주장('저탄고지'류의 주장)에 현혹되기보다는 한국인들이 지난 50여 년간 직접 겪은 것들에서 지혜를 얻는 것이 현명한 선택이다. 이미 확증된 '답안지'이기 때문이다.

한국의 비건 운동은 서양의 경험을 답습하기보다는 한국의 경험을 통해 대안을 제시할 수 있어야 한다. 지금 당장은 '고기 흉내', '동물성 가공식품 흉내', '정크푸드 흉내' 음식들로 '탈육

＊　　해표식용유는 1971년에 처음 생산되었다. 박정희 정부가 축산 장려 정책을 뒷받침하기 위해 콩을 수입해서 가축 사료의 원재료인 대두박을 생산하고, 그 부산물인 '식용유'를 시장에 내놓은 것이 바로 해표 식용유다. 이렇게 식용유와 가축 사료가 본격적으로 생산되기 시작하면서 동물성 식품과 각종 식물성 가공식품(라면, 과자, 페이스트리)이 폭발적으로 증가하기 시작했다. 축산, 식용유, 가공식품은 한 몸이다. 식용유를 소비할수록 사료 가격이 저렴해져 축산업에 도움이 된다는 사실도 기억해야 한다. 좀 더 자세한 내용은 다음 글을 참조. 이의철, 〈식용유 노예된 당신, 건강을 도둑 맞았다〉, 《오마이뉴스》, 2015.6.5.

식' 대열을 늘리기 위한 노력도 필요하지만, 그 이후도 함께 고민해야 한다. 우유나 계란, 동물을 '먹는 음식'이라고 생각하지 못하는 미래 세대가 등장했을 때 그들이 즐길 수 있는 식물성 식품을 상상하는 것에서부터 다음 단계를 준비할 수 있지 않을까 생각한다. 이때 고기나 생선, 계란, 우유, 식용유, 설탕을 구경하기 힘들었던, 그래서 각종 동물성·식물성 정크푸드를 경험한 적이 없었던 과거 한국의 경험을 참고할 수 있다. '고기 흉내'의 강박에서 자유로워질 때 진정한 '고기 너머'의 가능성을 볼 수 있게 될 것이다.

포르투갈의 〈채식 메뉴 선택사항 구비 의무에 관한 법률〉

(승인일: 2017년 3월 3일)

공화국의회는 헌법 제161조 제C)항에 근거하여 다음의 법령을 제정한다.

제1조 목적

이 법은 공용매점 및 식당에서 공급되는 식사에 채식 메뉴 선택사항 구비 의무를 규정한다.

제2조 적용 범위

이 법은 특히 국가 기관 및 서비스, 중앙, 지방 및 지역 공공 행정조직에 설치된 공용매점 및 식당에 적용된다.

a) 국가 보건서비스 소속 기관

b) 가정 및 데이케어 센터

c) 초등 및 중등 교육기관

d) 고등교육기관

e) 교도소 및 감화 기관

f) 사회 서비스

제3조 채식 식사 공급

1. 제2조에 명시된 공용매점 및 식당의 서비스는 일일 전체 메뉴에 적어도 하나의 채식 선택사항을 포함해야 한다.

2. 제2조의 목적을 위해, 동물성 제품이 전혀 포함되지 않은 식사를 채식 선택사항으로 간주한다.

3. 제2조제a항 및 제c항에 명시된 매점에서 수요가 부족할 경우 음식물 쓰레기 방지 차원에서 채식 선택사항 포함의 의무 이행이 면제될 수 있다.

4. 채식 선택사항의 수요가 감소한 경우, 매점 관리주체는 채식 선택사항 소비자의 사전 등록제도를 운영할 수 있다.

제4조 영양 구성 및 균형

1. 채식 메뉴는 숙련된 기술자의 지도 아래 계획되며 다양하고 균형 있는 영양분을 보장하는 건강한 음식으로 식사를 구성한다.

2. 전항의 목적을 위해, 채식 식사의 알맞은 공급을 보장하기 위해 메뉴에 대한 인(人)당 영양성분표를 작성한다.

3. 이 법의 의무 이행과 관련하여 효과적인 채식 선택사항 방식의 결정은 각 공용매점 및 식당의 관리 주체가 담당한다.

제5조 감사

다른 기관에 부여된 법적 권한을 침해함이 없이 식품경제안전국(ASAE)은 이 법의 이행에 대한 감사권한을 갖는다.

제6조 경과기간

1. 매점 또는 식당의 직접 경영이 이루어지는 경우 운영주체는 채식 선택사항의 효과적인 보장을 위해 이 법 시행일로부터 최대 6개월의 적용기간을 갖는다.

2. 그 외에, 이 법의 시행일 현재 이미 체결된 식사 공급 관련 계약에 채식 식사 공급자의 의무가 미리 고지되지 않은 경우, 관련 운영 주체는 명시된 계약 이행기간의 만료까지 이 선택사항의 공급이 면제된다. 다만, 이행될 새로운 절차 및 계약의 세부사항에는 이 의무를 포함시켜야 한다.

제7조 시행

이 법은 공포 후 두 번째 달의 첫째 날부터 시행된다.

연결성을 넘어 위치성으로

조
한
진
희

"비스밀라."

마흐무드는 낮은 목소리로 기도를 읊조린 뒤, 얇고 뾰족한 칼로 재빠르게 닭의 몸을 베었다. 농장에서 일하는 그는 모든 닭을 손수 잡고, 매번 이렇게 기도를 했다. '비스밀라'는 '신의 이름으로'라는 뜻이다. 도축하기 전 기도를 올리고, 동물의 고통을 최소화하기 위해 빠르게 도축하는 것은 무슬림 율법에 따른 행위다. 나는 베지테리언으로 산 지 겨우 두 해 남짓되었던 2004년, 팔레스타인에서 이 모습을 보며 '관계'가 살아 있다고 느꼈다. 죽음은 잔인한 일이지만, 도살장이 유리벽이어도 채식을 하지 않을 수 있음을 생각했다.*

그 시절 나는 중동의 화약고라고 불리는 팔레스타인에 현장 평화 연대 활동을 위해 머무는 중이었고, 비폭력 직접행동 방식의 '인간 방패' 활동을 하고 있었다. 시위를 마치고 식사 시간에 채식을 한다고 말하면, 팔레스타인 주민들은 무슨 문제가 있냐고 물어오는 경우가 많았다. 영어의 '채식주의자'라는 말을 아랍어로 뭐라고 표현해야 하는지 옆 사람에게 묻는 이들도 있었다. 그만큼 채식은 낯선 문화였다. 물론 나와 같은 외국인 활동가들이 익숙한 현지 활동가들은 채식 문화에 대해 잘 알고 있었다. 그들은 채식에 대해 말하게 되면, 대체로 비슷한 이야기를 했다. 당신의 채식을 존중하지만, 팔레스타인에 사는 사람으로서 채식까지 고민할 여력이 없다고 했다. 일단 이스라엘에 의한 점

＊　　　비틀즈 멤버이자 채식주의자인 폴 메카트니는 "도살장이 유리벽이라면 많은 이들이 채식주의자가 되었을 것"이라는 말을 한 바 있고, 이외에도 여러 채식주의자나 동물권 운동가들은 도살 현장을 보게 되면 채식을 하게 될 것이라고 말한다.

령을 종식시키고 난 뒤, 그때 가서 채식과 동물권에 대해 고민할 수 있는 순서가 될 것이라고 말했다. 예상했던 답변이고, 충분히 공감할 수 있었다.

당시는 인티파다^{**}의 피비린내가 아직 가시지 않은 때였고, 거리마다 죽은 이들의 살아생전 모습이 담긴 포스터가 붙어 있었다. 버스에서, 시장에서, 학교에서 만나는 시민들 누구나 죽음에 대한 이야기를 품고 다녔다. 자신의 아버지가 거리에서, 동생이 집에서, 이모가 감옥에서 이스라엘에 의해 죽었다며, 테러리스트는 팔레스타인이 아니라 이스라엘이라고 했다. 많은 이들이 나에게 "당신이 본 현실을 있는 그대로 당신의 나라에 가서 전해달라"고 당부했다. 식민지 시민이라 파리 목숨으로 사는데도 세계인들은 팔레스타인 사람들을 테러리스트라고 부른다며, 그게 억울하다고 했다. 나는 그 말을, 국경을 넘어 더 많은 이들이 '세

*** 이스라엘 점령에 맞서 팔레스타인 민중들이 1987년에 시작한 민중봉기를 의미한다. 이 과정에서 수많은 팔레스타인 민중들이 죽음을 맞이했다. 학자에 따라 인티파다가 2000년대 초반에 끝났다고 규정하기도 하고, 현재까지 지속 중이라고 보기도 한다. 2004년은 팔레스타인 수반인 아라파트가 사망하면서 팔레스타인 민중들의 슬픔과 분노가 깊었던 해이기도 하다.

계시민'으로서 '연결성'의 감각을 가지고 팔레스타인의 현실을 외면하지 않도록 해달라는 당부로 이해했다.

채식이 누군가의 풍경이 될 때

채식은 다층적이고 복잡한 현실을 놓치지 않고 마주하게 한다. 먹는다는 행위는 원초적이고 관계적인 행위이며 반복되는 일상인 만큼, 내가 누구와 어떤 환경에 놓여 있는지 매번 자각하게 된다. 내가 채식을 한다는 사실이 상대에게 어떻게 느껴지고 다가가는 행위인지 사유하게 만든다. 낯섦과 불편함부터 동질감과 반가움까지 다양한 순간을 만난다. 나는 어떤 현실에 어떻게 연결될 것인가? 채식을 할 수 있는 환경이나 선택권의 문제부터, 다른 존재의 삶에 연루된다는 것과 그 안에서의 책임을 계속 질문하게 만든다. 채식 혹은 음식이라는 것은 너무나 정치적이기 때문이다. 그래서 누군가에게 채식을 권하는 것은 물론, 채식주의자라고 말하는 것도 자주 조심스럽다.

그리고 주기적으로 구제역 같은 '가축' 감염성 질병이 닥쳐

올 때는 복잡한 감정에 휩싸인다. 언론은 잠시나마 돼지, 소, 닭 같은 존재들이 살아 있는 채로 구덩이에 파묻히는 끔찍한 현장을 집중 조명하고, 이 비극 앞에서 많은 이들이 공감하며 고통이나 죄책감을 느낀다. 그리고 채식하는 일부 동료들이 인터넷 등에 이런 문장을 게시한다. "육식하는 이들이 공범이다." "고기 먹는 자 모두 유죄, 당신이 살생을 멈출 수 있습니다." 어떤 심정으로 이런 문장과 피켓을 만드는지 충분히 이해하면서도 마음은 무겁다.

　팔레스타인과 같은 전쟁 지역이 아닌 한국에서도 빈곤한 이들은 채식을 하기가 쉽지 않다. 집 앞 재래시장에 가면 '돼지불고기 100g당 990원', '유기농 쌈채소 100g당 2000원' 같은 가격표가 보인다. 아마 그 불고기는 신선도가 떨어진 오래된 고기를 양념에 버무려 파는 것일 게다. 폐지 줍는 할머니는 오랜만에 무게 나가는 고철을 주웠다며, 흐뭇한 표정으로 돼지불고기 한 봉지를 밀대에 담아 밀고 가신다. 쪽방에 사는 지인은 하루의 첫 끼니이자 마지막 끼니로 오래된 값싼 고기와 일주일치의 절망을 소주에 섞어 먹는다. 홈리스 당사자들과 함께하는 모임에서 이

따금 회식을 하면, 대부분 고기를 먹고 싶다고 한다. 저칼로리를 찾는 시대에, 여전히 오랫동안 배가 꺼지지 않을 기름진 고칼로리가 중요한 삶이다. 생존이 전쟁인 이들에게 채식은 먼 나라의 이국적 풍경에 가깝다.

　이뿐인가. 휠체어를 이용하는 중증 장애가 있는 동료는 채식을 시도해보려고 하지만, 번번이 실패한다. 외출하면 메뉴와 상관없이 일단 접근이 가능한 식당을 찾아 헤매야 한다. 2000년 장애인이동권 투쟁 이후 공공장소에 엘리베이터나 경사로 설치가 의무화되고 있지만, 식당 같은 곳은 여전히 접근이 여의치 않다. 게다가 한국은 OECD 국가 중 멕시코와 터키 다음으로 장애인 복지 예산이 하위에 속한다.* 일상적으로 장애인 활동지원 시간은 늘 부족하고, 그 시간을 효과적으로 사용하려면 신변 처리 등에 우선적으로 시간을 배치하고 요리에 사용하는 시간은 줄여야 한다. 활동지원사가 조리하기 익숙하고 편한 음식을 찾다 보면, 쉽게 육류 요리를 하게 된다. 시간을 줄일 수 있는 반조

＊　　OECD 국가의 장애인 복지지출 규모는 GDP 대비 2.10%로 한국의 0.61%에 비해 약 3.5배 이상 높은 수준이다(2018 장애통계연보).

리 식품이나 배달 음식 상당수도 육류 중심이다.

맥도날드 알바생도 마찬가지다. 알바 시간과 경력에 따라 제공되는 무료 햄버거 식사를 거부하고, 채식 도시락을 챙겨서 다니는 것은 단지 개인의 부지런함에 달린 문제일까. 생계와 학업을 함께 유지하는 이들 혹은 알바로 생계를 겨우 유지하는 이들의 일상에는 여백이 많지 않다. 통상 경제적 빈곤은 시간 빈곤을 야기하고 심화하는 경우가 잦다. 소득이 부족하면 기본 필수재나 서비스 구매력이 감소하고, 무급 노동을 대체하거나 구입하는 게 어렵기 때문에 무급 노동시간이 증가한다. 즉, 경제적으로 빈곤한 이들은 무급 노동시간을 포함한 총 노동시간이 길고, 재량시간discretionary time이 적다. 결국 맥도날드 알바생이 채식 도시락을 준비하기 위해 장을 보고, 음식을 만들고, 도시락을 싸는 일은 별도의 제법 큰 노동과 시간이라는 비용을 들이는 일이기 쉽다. 게다가 위계가 확실한 노동 공간에서 점장이나 동료들의 눈치를 보며 채식 도시락을 먹는 '용기'는 단지 의지만의 문제라고 말하기 어렵다.

"당신이 먹지 않으면, 생명을 구할 수 있다", "고기 먹는 자

연결성을 넘어 위치성으로

모두 유죄, 당신이 살생을 멈출 수 있습니다"라는 식의 문구들은 개인의 결단을 촉구하는 문구인데, 채식이 단지 개인의 미각과 의지의 문제로 보이게 만들 수 있다. 게다가 마치 누구나 채식을 '선택'할 수 있는 듯한 착시 현상을 부른다. 앞서 보았듯 전쟁은 더 나은 세상에 대한 사유를 차단하고, 자본주의 사회에서 빈곤은 '고귀한 윤리적 선택지'를 앗아간다. 그리고 이 사회가 규정한 '표준의 몸'이나 '평균의 삶'에서 빗겨난 존재들에게 채식을 실천한다는 것은 정신 승리나 고된 노동이 추가되는 것이기 쉽다. 채식은 개인에게 갇혀서 작동하는 영역이 아니다. 채식은 계급, 빈곤, 장애, 성별, 민족, 전쟁, 종교, 문화 등 사회의 여러 요소가 매우 복잡하게 작동하는 정치적 영역이다.

채식을 개인의 욕망과 선택만의 문제로 볼 때, 채식 앞에서 각자가 서 있는 불평등한 '위치성'은 지워진다! 나는 채식을 하는 이들이 적극적으로 비인간 동물이나 지구와의 '연결성'을 고민하듯, 채식 앞에서 자신의 '위치성'을 더욱 다층적으로 고민할 수 있기를 바란다. 영어의 '개인individual'은 더 이상 쪼개질 수 없는 존재라는 의미가 있다. 어떤 집단의 예속된 일부로서가 아닌

독립적 개인의 개념은 중요하지만, 현대 자본주의 사회는 독립적 개인을 넘어 인간을 도구화하고 파편화한다. 원자처럼 존재하게 된 개인은 타인과 비인간 동물을 비롯한 지구와의 연결성을 점차 분실하게 되었다. 채식하는 이들은 음식을 매개로 연결성을 통해 인류의 오래된 미래를 복원해내고 있으며, 최근 몇 년 사이 채식과 연결성에 대한 담론은 세계적으로 크게 주목받고 있다. 이 현상이 낯설고 기쁘다. 그런데 우리가 연결을 시도하고 복원하기 위해 고군분투하고 있는 각자의 운동장이 명백히 기울어져 있음은 자주 간과된다.

비건이 된다는 것의 의미

나는 페스코부터 비건까지 주기적으로 오가며 20년 가까이, 그야말로 플렉서블하게 채식을 하고 있다. 지구에 대한 내 몫의 책임을 고민하면서 작은 텃밭을 하고, 집에 에어컨을 설치하지 않는다. 우리를 파편화하고 결코 평등할 수 없게 만드는 자본주의에 반대하며, 화폐 사용과 물건 소비를 최소화하며 살려고도 노력한다. 그러나 앞서 보았듯 누구나 채식을 '선택'하거나, 이런 삶을 살 수 있는 것은 아님을 잘 알고 있다. 내가 채식을 적극적으로 선택하고, 그것을 유지할 수 있었던 건 '특권'에 가까운 것이다.

처음 채식을 구체적으로 고민하기 시작한 것은 '여성이 몸'으로 환원되는 현실처럼 '동물이 고기'로 환원되는 현실을 깨달았기 때문이었다. 성 불평등이 종 불평등과 연결되어 있음을 알게 되었을 때 느꼈던 혼란과 자책감이 그 출발이었다. 그러니까 나는 대학생이던 1990년대부터 페미니즘은 물론 채식에 대한 다양한 지식에 접근할 수 있었다. 그런 정보와 환경에 노출된다고 누구나 그것에 귀 기울이는 것은 아니지만, 1990년대는 물론 지금도 여전히 그런 정보와 환경을 경험할 기회나 여력이 별로 없는 이들도 있다. 그리고 나의 일상적인 관계 안에서 채식을 하는 것에 대해 눈치를 주거나 비난하는 이들은 거의 없다. 게다가 나는 경제적으로 빈곤층에 속하지만 빈곤을 크게 두려워하지 않을 수 있는 일종의 사회자본을 가지고 있으며, 시간 빈곤자이지만 일주일에 하루 이틀은 작은 텃밭에서 김을 매며 생명의 순

환을 경험할 수 있는 정서적 여유를 가지고 있다.

　나의 '실천'이 가능했던 환경과 위치성에 대해 놓쳐서는 안된다고 자주 되뇐다. 무심함 속에서 인간이 어떻게 비인간 동물을 착취하는지 모르고 살았던 시절이 있었듯, 그 위치성의 차이를 간과할 때, 타인의 고통과 존재성을 지울 수 있음을 잘 알고 있기 때문이다. 이것을 놓치지 않는 게, 다른 존재들과의 연결을 구체적이고 두껍게 할 수 있는 기반이 된다.

　나는 채식이 단순히 고기를 먹느냐 아니냐의 문제가 아님은 물론이고, 고기를 먹는 게 '악'이고 먹지 않는 게 '선'이라는 이분법을 뛰어넘는 일이어야 한다고 생각한다. 어차피 우리는 계속 다른 존재의 죽음 위에서 유지되는 존재다. 나는 2004년 팔레스타인의 농장을 목격한 이후, 텃밭에서 진드기를 죽이거나 배추벌레를 잡으며 한번씩 '비스밀라'를 읊조린다. 토마토 나무가 겨울이 와서 자연사하기 전, 그러니까 여름이 지나 더 이상 토마토 열매를 맺지 않게 되어 다른 작물을 심기 위해 뽑아버릴 때도 마찬가지로 그렇게 한다. 나는 종교가 없고, 처음에는 내 마음 편하자고 따라해봤던 것인데, 현재는 내가 '죽이는 존재'

들과 연결되는 나름의 방식이 되었다. 다른 존재와의 그물망 위에 내가 존재한다는 점을 망각하지 않고, 지구와의 관계에서 인류의 한 명으로서 책임감을 느끼는 행위이다. 우리가 연결되어 오래된 미래를 복원한다는 것은 어떤 의미이며, 어떤 과정이어야 할까.

나는 처음으로 종차별에 연루되어 있음을 깨달았을 때의 혼란과 떨림을 잊지 않으려고 노력한다. 우리가 채식을 한다는 것은 사회의 여러 문제들에 보다 민감해지며, 더 많은 질문을 품게 된다는 의미일 것이다. 채식이 트렌드나 라이프스타일이 된 시대라고 하지만, 그것을 넘어야 자기만족적 행위가 아니라 우리의 세계를 변화시킬 수 있는 힘으로 이어질 수 있다.

그런 의미에서 채식주의자들의 목소리가 개인의 식탁에 초점이 맞춰지는 방식으로 강화되어서는 안 된다. 채식은 나은 선택지를 가진 이들의 고귀한 윤리적 액세서리가 아니다. 나는 채식이 다른 존재의 고통을 줄이고, 파편화된 관계를 연결시키며, 기후 위기로부터 우리 스스로를 구하고, 지구를 살리는 거대한 협업에 동참하는 행위라고 여긴다. 채식은 우리 현실의 변혁을

추동하는 사회운동이고, 그렇다면 우리가 어떻게 함께 채식할 수 있는 사회를 만들 것인지가 관건이 되어야 한다.

2020년 6월, 헌법재판소가 공공 급식 채식 선택권 헌법소원 심판청구를 기각했다. 공공 급식이 채식에 대한 선택권을 침해한다며 녹색당이 헌법소원을 낸 것에 대한 결과였다. 해당 헌법소원을 진행한 변호인단에 따르면, 해외에는 채식권을 보장하는 사례들이 제법 있다. 포르투갈은 공공 급식에서 채식 옵션을 두어야 한다는 법안을 2017년에 통과시켰고, 미국 캘리포니아주는 병원에서 비건식을 선택할 수 있으며, 이스라엘과 캐나다는 군대에서 비건식을 제공한다.[01] 이번 헌법소원이 기각된 것은 안타깝지만, 한국 채식 운동 역사에서 매우 의미 있는 시도였다. 이렇게 계속 채식을 실천할 수 있는 환경을 구축하고, 제도를 변화시키는 방식으로 나아가야 한다. 어느 날 갑자기 모든 사람이 채식을 하게 되는 사회보다, 누구에게나 채식을 선택할 수 있는 권리가 주어지는 곳이 더 나은 사회다.

비인간 동물과 식물, 그리고 지구를 착취할 '특권'이 인간에게 없음을 깨닫는 것만큼, 채식을 할 수 있는 '특권'에 대한 성찰을 우리가 함께 해나갈 수 있기를 바란다. 우리가 그 특권을 감각하지 못할 때, 타인과의 연결성을 유실하는 오류를 겪는다. 특권을 깨닫고, 나의 특권을 우리의 특권으로 확장시킬 때 차별과 착취가 사라지는 세상에 가까워진다. 채식은 정답이 없다. 각자 창조적 방식으로 채식을 실천하고, 그 과정이 인류의 한 명으로서 책임을 다하는 과정이길 바란다. 나에게 채식은 '위치성'을 망각하게 하지 않는 일상적이고 급진적인 나침판이다.

그것은 하나의 문이었다

강
하
라

"현명함은 경험에 비례하는 것이 아니라 경험을 받아들이는 능력에 비례한다." 영국의 작가이자 철학자였던 조지 버나드 쇼George Bernard Shaw는 경험을 받아들이는 능력의 중요성을 말했다. 성인이 된 후 깨닫게 된 것이 있다. 지식을 쌓고 공부하는 것보다 열린 마음의 자세를 유지하는 것이 얼마나 중요한지를 구르고 부딪히고 상처가 아물기를 반복하면서 알게 되었다. 어떻게 사는 것이 잘 사는 것일까? '잘' 산다는 말은 주머니가 넉넉하다는 뜻은 아닐 것이다. 사람들은 누구나 삶이 조금 더 나아지고 발전하기를 원한다. 오늘보다는 내일이 더 나은 삶이기를 바라는 마음은 누구나 같을 것이다. 우리에게 주어진 시간을 잘 살아내기 위해 중요한 것은 무엇일까? 저마다 삶에서 중요하게 생각하는 가치는 다르겠지만 삶의 무게를 견디고 즐겁게 살아가기 위해서 중요한 요소 중 하나로 건강을 꼽을 수 있을 것이다.

건강에 대해 몰랐던 것들을 하나씩 배워가면서 새로운 세상을 만나게 되었다. 갇혀 있던 세상에서 열린 마음으로 세상의 이야기에 귀를 기울이니 그동안 보지 못했고 인식하지 못했던 울타리가 눈에 들어왔다. 그 울타리는 관습, 문화, 환경, 상식 등으로 오랜 시간 차곡차곡 겹겹이 나를 둘러싸고 있었다. 살면서 배웠던 사실들, 문화적인 관습들이 모두 옳은 것이 아니라는 것을 알게 되었다. 진실이라 믿었던 상식들이 깨지는 순간 우리는 길을 잃게 된다. 그래서 새로운 사실을 받아들이기보다는 본래의 울타리 속에 스스로를 가두어놓기를 원하는지도 모른다. 변화를 두려워하고 현재의 상황을 유지하고 싶은 마음은 늘 변화하고 싶은 도전의 욕구와 공존하기 때문이다.

영화 〈죽은 시인의 사회〉에서 키팅 선생은 학생들에게 평소와 다른 시선으로 보자는 제안을 한다. 한 사람씩 책상 위에 올라가시 잠시나마 새로운 시선으로 교실을 둘러본다. 기존의 프레임과는 다른 프레임으로 세상을 바라볼 때, 내가 몰랐던 다른 것들이 보인다. 다른 프레임으로 세상을 바라보는 방법은, 마음을 열고 다른 사람의 경험을 존중하는 것이었다. 나를 낮추고 낯선 경험에 나를 놓을 때, 그동안의 내가 우물 안 개구리와 다르지 않았음을 깨닫게 되었다. 나의 우물은 단지 개구리의 우물보다 조금 컸을 뿐이지 하늘이 작고 동그랗다고 믿는 인식은 갇혀 있는 개구리의 인식과 다르지 않았다. 비건적인 삶을 경험하면서 내가 가진 우물의 벽이 얼마나 위험했는지 알게 되었다. 그 우물의 일부를 허물었다고 생각했지만 나는 여전히 더 큰 우물 안에 있을 것이다. 새로운 것을 알게 되고 깨달았을 때조차도 겸손해지려는 노력을 소홀히 한다면 나는 여전히 작은 우물에 갇혀 남들이 모르는 것을 안다고 자만하게 될 것이다.

비건은 그런 것이었다. 몰랐던 것을 알고 나니 놀라웠고 속았다는 기분도 들었다. 한편으로는 설레었다. 유지해오던 습관과 생활방식에서 많은 부분을 바꾸어야 했다. 그동안 잘 먹고 살았다고 생각했는데 기존의 상식이 뒤흔들리는 경험은 그리 유쾌하지 않았다. 내가 잘못 알고 있었다는 것을 인정하는 것은 쉬운 일이 아니었다. 건강하려면 고루 먹어야 한다는 말은 반은 맞고 반은 틀리다는 것을 알게 되었다. '먹을 수 있는' 음식을 고루 먹어야 한다는 표현이 조금 더 정확할 것 같다. 나는 '먹을 수 있는' 음식을 찾으려 했을 뿐 처음부터 비건이 되려고 결심한 것은 아니었다.

많은 사람들이 새로운 것에 도전할 때 스스로를 어떤 범주에 포함시키고 자신을 강박하게 된다. '비건'이냐 아니냐를 구분하기보다 좋은 식습관에 대해 알아가고 조금씩 새로운 시도와 경험을 해보면 좋겠다. 그러다 보면 비건이 단순히 음식을 선택하는 취향이 아님을 새롭게 인식하게 된다. 동물에 대한 인식, 환경과 기후 위기의 인식 등 꼬리에 꼬리를 물고 수많은 진실을 마주하게 된다. 때로는 그 진실이 받아들이기 벅차거나 부담스러울 수 있고, 마음이 무거워질 수도 있다. 외면하고 싶거나 불편해질 수도 있다. 속도를 내기보다 해보지 않은 새로운 시도를 하면서 천천히 인식의 창을 넓혀간다면, 경험하고 알아가는 즐거움과 보람도 커진다.

　나도 다양한 정보를 찾고 책과 다큐멘터리를 보면서 한 걸음씩 나아갈 수 있었다. 새로운 문을 열었더니 또 다른 문들이 잇따라 열려 있었다. 닫힌 세상에서 열린 세상으로 걸어가는 기분이었다. 돌아가기도 했고 헤매기도 했다. 그러면서 세상에 대한 시각을 넓히고 마음 문을 더 열 수 있게 되었다. 동물의 살을 먹는 것에 대해 한 번도 생각해본 적 없다가, 보이는 것 너머의 것을 의식하게 되면서 세상에 존재하는 인간이 아닌 수많은 생명에 대한 경외감을 느꼈다. 하찮게 여길 수 있는 타자의 존재를 인식하게 되니 타인의 존재도 더 귀하게 생각할 수 있었다. 개인주의적인 삶을 살던 내게 비건은 그렇게 내 주변을 바라볼 수 있는 마음의 그릇을 늘려주었다.

　사람의 마음 문은 노력하지 않으면 쉽게 닫힌다. 편협한 시각을 갖지 않기 위해 서로 다른 의견과 정보도 존중하는 마음으로 살펴본다. 조금씩 새로운 사실을 마주하면서 때로는 감탄하기도 했고 탄식하기도 했다. 의학이 눈부신 발전을 했다지만 감기조차 정복하지 못한다. 독감 바이러스가 조금이라도 변형되면 전 세계가 공포를 느끼기도 한다. 과학이 짐작조차 어려울 정도로 발전했지만 우리 자신을 들여다보기에는 부족하다. 복잡하고 신비로운 우리의 몸은 거대한 우주와 견줄 만큼 알 수 없는 것투성이다. 그렇기에 더욱 우리는 낮아질 필요가 있다.

전 세계를 전쟁으로 끌어들인 아돌프 히틀러는 교묘한 설득력으로 사람들을 현혹했다. "거짓말은 될 수 있는 한 크게 부풀린다. 그리고 반복한다." 이 간단한 규칙으로 사람들에게 반복적인 교육을 하면 누구나 속일 수 있다는 사실을 그는 잘 알고 있었다. 우리가 사는 지금의 세상도 다르지 않다. 자본에 따라 움직이는 두 번째, 세 번째 히틀러들이 있다. 자본으로 세상이 통제된다는 사실은 무섭고 안타깝지만 현실이다. 현실을 인지하는 것만으로도 삶은 변화될 수 있다. 우리는 어린 시절부터 언론과 상업광고의 목소리를 들어왔다. 정치와 금융, 여러 서비스와 물건들에 감춰진 잘못된 상식이 많다는 것을 비거니즘을 통해 하나씩 알게 되었다. 내가 믿고 알았던 것들이 사실은 누군가의 이득과 권력을 위해 부풀리고 조작된 것이며 감춰질 수도 있다. 이는 전통적인 영양정보뿐 아니라 삶의 모든 선택과 인식에 깊

숙이 뿌리내리고 있었다. 비건 지향적인 삶은 애벌레처럼 작은 존재의 한 사람이 작게라도 움직이는 꿈틀거림이었다. 하지만 그 것은 작은 시작일지라도 한 걸음씩 내 삶의 모든 선택과 결정에 주인이 될 수 있는 기회를 내주었다. 나를 조종하는 많은 심리에 휘둘리지 않고 좀 더 주체적인 삶을 살 수 있는 방법이기도 했다. 삶의 무게중심을 세상과 언론, 소비가 아니라 내면의 나침반으로 재설정하게 되면서 가치의 기준도 새로워졌다.

인류학적으로 지구 대부분의 민족들은 육류를 먹으면서 생존해왔다. 시기와 환경에 따라 육식은 반드시 필요했고 생존의 수단이 되었다. '인간이 고기를 먹는 것은 자연스러운 것'이라는 말은 공장식 축산이 시작되면서 자연스럽지 않게 되었다. '인간이 공장식 축산의 고기를 먹는 것'은 인류가 해오던 육식의 방법이 아니었다. 공장식 축산은 더 많은 고기를 더 값싸게 먹기 위해서 소비자에 의해 탄생된 시스템이 아니다. 돈을 더 벌기 위해 생산자가 만들어낸 시스템이다. 먹는 사람이 잘못된 것이 아니라 시스템을 만든 탐욕이 재앙의 시작이다. 공장식 축산의 여러 문제점을 인식하는 것이 자신을 어떤 유형의 채식인지 구분

그것은 하나의 문이었다

하는 것보다 먼저다. 공장식 축산의 세계를 처음 알게 되었을 때, 가려져서 보지 못했던 현실이 슬프고 안타까웠다. 음식이 넘치는데 이렇게까지 끼니마다 고기를 먹어야 할 것인가에 대해 생각하게 되었다. 비건 지향적 삶의 시작은 공장식 축산의 현실과 진실을 아는 것으로 시작한다고 해도 맞을 것 같다. 어떤 이유로 채식을 하는지에 대한 본질적인 답은 '자연스럽게 살기 위함'일지도 모르겠다. 공장식 축산은 그 목적도, 과정과 결과도 자연스럽지 않았다.

그렇다면 먹는 일을 흑과 백, 이것 아니면 저것으로 구분할 수 있을까. 생활 습관이 다르고 환경이 다르기에 무엇 하나만을 고집하라고 강요하는 것조차 폭력일 수 있다. 음식을 선택하는 것에 신중해야 한다는 생각에 절대적인 믿음이 있는 것은 아니다. 다만 선택해야 하는 매 순간마다 어떤 것이 좀 더 지속 가능할지에 대해 고민하게 된다. 채식이냐 아니냐를 엄격하게 구분 짓고 그 안에서만 모든 선택을 하겠다는 마음보다 '왜?'를 떠올리면 좋겠다. 인간이 아닌 다른 생명의 죽음과 고통을 원치 않는다는 이유로 나의 신념을 타인에게 여과 없이 전하는 것 또한 폭력이다. 나의 변화는 스스로 존중하고 아낄 때 비로소 가능해지듯이, 다른 사람들에게 좋은 영향을 주길 원한다면 그들을 존중하면 된다. 존중 없는 변화의 강요는 히틀러와 다를 것이 없다.

　나를 어떤 정의된 존재로 구분하게 될 때 우리는 모두 실수하고 자만하기 쉽다. 내 범주에 속한 것 외에는 받아들이지 않게 되며 그 범주 밖의 타자를 우리도 모르게 구분 짓게 된다. '비건'이라고 속단할 필요도, '비건'이 되기 위해 많은 것을 한 번에 바꿀 필요도 없다. '비건'이라서 우월할 이유도 없으며 '비건'이 아닌 사람을 가르치려 해서도 안 된다. '비건'은 인생의 수많은 선택과 취향, 경험 중 하나다. 나는 슬프고 강제하는 비거니즘보다 즐겁고 자유로운 비거니즘이 좋다. 사람들에게 비건에 대해 이야기할 기회가 있다면 즐거운 것들을 말한다. 공장식 축산의 암울함보다 담백하게 먹고 간결하게 사는 삶의 즐거운 방향에 대해 말한다. 변화의 시작은 내면의 인식이기에 슬프고 어두운 공장식 축산의 현실에 대해 알아가는 것은 각자의 선택이다. 이런 정보들은 채식에 대해 조금만 관심을 쏟는다면 생각보다 빨리 접한다. 누군가를 바꾸고 설득하기 위한 말보다 때로는 나에게

그것은 하나의 문이었다

집중하고 좋은 모습으로 살아갈 수 있을 때, 그런 사소한 것들이 좋은 영향을 주게 된다.

건강한 몸과 마음으로 주변을 더 살피며 잘 살기 위해서 좋은 식재료를 선택한다. 제철에 맞는 과일과 채소를 먹고 설탕과 합성첨가물, 글루텐 등이 없는 음식을 고른다. 때로는 주체적으로 선택할 수 없을 때도 있지만, 그렇다고 실망하거나 자책할 필요도 없다. 우리가 나아가야 할 방향성이 명확하기 때문이다. 완벽한 채식을 하겠다는 목적이 아닌 식물 기반의 식단으로 나아가고자 방향성을 맞출 때, 그 선택은 일상에 자연스럽게 자리 잡게 되고 지속 가능해질 것이다. 완벽성을 부정하는 것이 아니라 스스로가 정해놓은 틀 때문에 오히려 힘들어질 수 있기 때문이다. 많은 사람들이 어려서부터 완벽하게 해내고 잘해야 한다는 교육을 받았고 경쟁에 길들여져 있다. 그래서 식단 선택에서까지 같은 기준을 적용하게 된다. 마음을 열고 너그러움을 잃지 않는 여유가 필요한 이유다.

스스로에게 너그러워지면서 삶의 방향을 잊지 않을 때, 우리는 타인과 타자에게도 너그러운 마음을 내어줄 수 있다. 양심

의 목소리를 외면하지 않으면서 좋은 것을 찾아가려는 마음, 그 마음만 있다면 올바른 길을 갈 수 있다. 조금 더 나아지는 삶, 좋은 삶을 살고 싶은 생각이 삶의 나침반이다. 채식과 육식의 대결 구도적 구분 짓기가 아니라 인류의 지속 가능성을 생각했을 때 우리가 어떤 방향으로 나아가야 할지 먼저 생각해보면 좋겠다. 나의 선택이 단지 나만의 선택에 머무르지 않고 사회와 환경, 지구를 위한 동참의 한 걸음이라는 것을 인식해간다면, 매 순간 선택을 할 때 얼마나 고심해야 하는지 놀라게 된다. 선택할 때마다 적용할 수 있는 내면의 가치 기준이 있다면 그 고심이 결코 어렵거나 피곤한 일이 아닐 것이다.

비거니즘과 연결되어 기후 위기와 탄소 배출을 인식하면서 삶은 더 불편해짐을 깨닫는다. 플라스틱, 교통수단, 에너지, 물 등 우리가 풍족하게 누리던 것들에 대해 낯선 고심을 하게 되면 그만큼 불편한 삶을 감수해야 한다. 알수록 편해지기보다 불편한 삶으로 다가가게 된다는 사실이 때로는 모순적이고 혼란스럽기도 하다. 하지만 이런 모순적인 상황을 마주하면서 깨닫고 배우는 것들이 있다. 마음 문을 열었으니 나만 편한 방식으로 살 수는 없다. 쓰레기와 공해를 만들며 누리던 것들에서 적정선을 지키기 위해 노력해야 한다는 생각이 들었다.

먹는 것도 그중 한 가지다. 인류의 식생활 변화를 강조하고 관련된 정책이 바뀌어야 한다는 외침에 앞서 '나'부터 삶을 좀 더 고심하며 살아야겠다고 생각했다. 비건 지향적 삶은 나를 성숙하게 이끌어준다. 어제보다 나은 오늘, 오늘보다 나은 내일을 위한 나침반이 되었고 그 속에서 내가 우주의 먼지 같은 존재라는 것도 깨닫게 했다. 나를 낮추니 배려할 수 있었다. 배려에는 완벽함이 필요치 않다. 비거니즘은 배려와 닮아 있었다. 내 마음을 조금 내어주니 좋은 것들이 나를 감싸주었다.

비건 지향적 삶을 함께 시작하고 글 쓰는 일을 함께하는 남편과 인생의 방향성에 대해 자주 이야기한다. 우리는 무엇을 위해 살아가야 할까. 어떻게 사는 것이 잘 사는 것일까. 그 질문에 쉽게 답할 수는 없지만 올바른 방향으로 나아가고 싶다. 섣불리 우리를 틀 안에 가두지 않고 다른 사람의 경험을 존중하는 것, 나와 다른 의견에 귀를 기울일 수 있는 마음의 여유를 갖는 것, 남을 바꾸기보다 나부터 잘하는 것, 언제나 친절함을 잃지 않

그것은 하나의 문이었다

는 것, 기꺼이 마음을 쪼개어 어둡고 낮은 곳에 자리한 사람들을 돕는 것, 오늘 옳다고 생각했던 것이 내일은 틀릴 수도 있다는 생각을 잊지 않는 것. 우리가 노력하고 싶은 가치들이다.

자, 나를 비건이라고 구분된 장바구니에 담지 말고 제철 과일과 채소를 장바구니에 풍성하게 담아보자. 이론과 정의보다 일상에서 마음을 느긋하게 열고 '비건 지향적 삶'에 한 걸음 내디뎌보자. 우리가 짐작하고 추측하는 것보다 비건 지향적 삶은 더 넓고 깊다. 당장 과일부터도 제철 과일의 정확한 타임라인을 알게 되었다. 아마 평생 몰랐을지도 모른다. 덕분에 제철과 제철이 아닌 과일의 맛 차이도 알게 되었다. 먹는 즐거움이 큰 당신이라면 맛을 즐기는 더 깊은 세계를 경험할 수 있을 것이다. 나의 선택이 공장 동물의 많은 생명을 살릴 수도 있다. 기후 위기 시대에 탄소 배출 절감에도 동참하게 된다. 이토록 보잘것없는 우주의 먼지 같은 내가 이 세상에 쓰레기만 더하며 살다가 도움이 된다는 것에 마음이 뜨거워진다. 자본을 위해 만들어진 신화와 관습에 휘둘리지 않는 주체적인 삶의 경험은 새로운 문이다. '비건 지향적 삶'은 충분히 즐겁고 설레는 선택이 될 것이다.

주

〈버터 좀 주시겠어요?〉

1 마일리스 드 케랑갈, 《식탁의 길》, 정혜용 옮김, 열린책들, 2018, 34쪽.
2 〈채식 위주로 바꾸면 온실가스 70%까지 감축〉, 《한겨레》, 2016.3.30.
3 제러미 리프킨, 《육식의 종말》, 신현승 옮김, 시공사, 2002.
4 잭 런던, 〈그냥 고기〉, 《불을 지피다》, 이한중 옮김, 한겨레출판, 2010, 148쪽.
5 토바이어스 리나트르, 《비건 세상 만들기》, 전범선 · 양일수 옮김, 두루미출판사, 2020, 119~121쪽.

참고자료

마일리스 드 케랑갈, 《식탁의 길》, 정혜용 옮김, 열린책들, 2018.
반다나 시바, 《이 세계의 식탁을 차리는 이는 누구인가》, 우석영 옮김, 책세상, 2017.
비 윌슨, 《식사에 대한 생각》, 김하현 옮김, 어크로스, 2020.
잭 런던, 《불을 지피다》, 이한중 옮김, 한겨레출판, 2010.
제러미 리프킨, 《육식의 종말》, 신현승 옮김, 시공사, 2002.
캐럴 J. 애덤스, 《육식의 성정치》, 류현 옮김, 이매진, 2018.
토바이어스 리나트르, 《비건 세상 만들기》, 전범선 · 양일수 옮김, 두루미출판사, 2020.
한승태, 《고기로 태어나서》, 시대의창, 2018.

1 Ritchie, H. and Roser, M., "Land Use", *Our World in Data,* 2019.

2 www.weforum.org/agenda/2018/07/fish-stocks-are-used-up-fisheries-subsidies-must-stop/

3 Summary Report of the EAT-Lancet Commission, 2019; Clark, M. A., Springmann, M., Hill, J. and Tilman, D., "Multiple health and environmental impacts of foods", *Proceedings of the National Academy of Sciences*, 116(46), pp.23357-23362, 2019; Springmann, M., Clark, M., Mason-D'Croz, D., Wiebe, K., Bodirsky, B. L., Lassaletta, 6L., De Vries, W., Vermeulen, S. J., Herrero, M., Carlson, K. M. and Jonell, M., "Options for keeping the food system within environmental limits", *Nature*, 562(7728), pp.519-525, 2018; Poore, J. and Nemecek, T., "Reducing food's environmental impacts through producers and consumers", *Science*, 360(6392), pp.987-992, 2018; Bar-On, Y. M., Phillips, R. and Milo, R., "The biomass distribution on Earth", *Proceedings of the National Academy of Sciences*, 115(25), pp.6506-6511, 2018; Ritchie, H., Reay, D. S. and Higgins, P., "The impact of global dietary guidelines on climate change", *Global environmental change*, 49, pp.46-55, 2018; Springmann, M., Godfray, H. C. J., Rayner, M. and Scarborough, P., "Analysis and valuation of the health and climate change cobenefits of dietary change", *Proceedings of the National Academy of Sciences*, 113(15), pp.4146-

4151, 2016; Stehfest, E., Bouwman, L., Van Vuuren, D. P., Den Elzen, M. G., Eickhout, B. and Kabat, P., "Climate benefits of changing diet", *Climatic change*, 95(1-2), pp.83-102, 2009.

〈비건의 식탁〉

1 UN, "Sendai Framework for Disaster Risk Reduction 2015 – 2030", cited in *Safe Climate: A Report of the Special Rapporteur on Human Rights and the Environment*, 2019.

〈3분의 1 채식, 누워서 식은 죽 먹기〉

1 YouGov, "Is the future of food flexitarian?", 2019.3.19.(https://campaign.yougov.com/rs/060-QFD-941/images/Is%20the%20future%20of%20food%20flexitarian.pdf).

2 Ipsos Mori surveys, commissioned by The Vegan Society, 2016 and 2019; The Food & You surveys, organised by the Food Standards Agency(FSA) and the National Centre for Social Science Research(Natcen).

3 Food and Agriculture Organization of the United Nations, "Key facts and findings", 2019.12.13.(http://www.fao.org/news/story/en/item/197623/icode/).

4 Ritchie, H., "How much of the world's land would we need in order to

feed the global population with the average diet of a given country?",
Our World in Data, 2017.

〈지속 가능하다, 건강하다면〉

1 '밥상이몽', 〈거리의 만찬〉, 44회, KBS, 2019.10.20.
2 Heller, Martin C. and Keoleian, Gregory A., "Beyond Meat's Beyond Burger Life Cycle Assessment: A detailed comparison between a plant-based and an animal-based protein source", *CSS Report,* University of Michigan, 2018.

〈연결성을 넘어 위치성으로〉

1 〈눈치 안 보고 '채식 급식' 먹을 수 있도록〉, 《한겨레21》, 2020.4.10.